JACQUELINE WOODSON

SEIT DU GEGANGEN BIST

JACQUELINE WOODSON

SEIT DU GEGANGEN BIST

Aus dem Amerikanischen von
Barbara Neeb und Katharina Schmidt

cbj

Wir reduzieren und vermeiden die Emissionen,
die an unseren Produkten entstehen, fortlaufend und gleichen
die verbliebenen Emissionen über ein Klimaschutzprojekt aus.
Weitere Informationen zu dem Projekt:
www.ClimatePartner.com/14044-1912-1001

MIX
Papier | Fördert
gute Waldnutzung
FSC® C014496
FSC
www.fsc.org

Penguin Random House Verlagsgruppe FSC® N001967

1. Auflage 2023

Die amerikanische Originalausgabe erschien 2004 unter dem Titel:
»Behind You« bei G. P. Putnam's Sons, einem Imprint der
Verlagsgruppe Penguin Random House LLC, New York
Das Zitat auf S. 7 stammt aus: Raymond Carver:
»Ein neuer Pfad zum Wasserfall«.
Übersetzung von Helmut Frielinghaus. Abdruck mit
freundlicher Genehmigung des S. Fischer Verlags, © 2013
Übersetzung: Barbara Neeb und Katharina Schmidt
Lektorat: Chantal-Fleur Sandjon
Umschlagkonzeption: buxdesign, Lisa Höfner unter Verwendung
der Abbildungen von © AdobeStock (jadiezlo/Stocksy; rabbit75_fot)
MP · Herstellung: UK
Satz: KCFG – Medienagentur, Neuss
Druck: GGP Media GmbH, Pößneck
ISBN 978-3-570-16666-6
Printed in Germany

www.cbj-verlag.de

Für meine Familie

Und – hast du bekommen, was du haben
wolltest von diesem Leben, trotz allem?
Ja, hab ich.
Und was wolltest du?
Sagen können, dass ich geliebt werde,
mich geliebt fühlen auf dieser Erde.

RAYMOND CARVER

DAS
ENDE

Jeremiah

Du stirbst nicht. Deine Seele tritt aus deinem Körper, schüttelt sich einmal kräftig, weil sie die Last deiner Haut fünfzehn Jahre lang tragen musste. Dann steigt deine Seele auf und schaut hinunter auf deinen Körper, der da liegt – schaut auf das Blut, das auf den Asphalt läuft, auf deine Augen, weit geöffnet wie Seiten eines Bilderbuchs, das irgendein Kind hier vergessen hat, auf deinen Brustkorb, der sich nicht mehr bewegt. Deine Seele sieht all das und empfindet dabei etwas, das über Trauer hinausgeht – sie fühlt, dass ihr ganzes Selbst hinein in die Ferne raunt. *Schhh. Schhh. Schhh.* Vorbei an den Bäumen im Central Park, vorbei an den Statuen und den Joggern und den schaukelnden Kindern. *Schhh. Schhh. Schhh.* Über die Yellow Cabs hinweg und die am Spätnachmittag aufflackernden Straßenlaternen. *Schhh* weiter durchs Schneegestöber und raus über die weißen Baumwipfel, den sich verdunkelnden Himmel. Schon jetzt hörst du deine Mutter schreien. Schon jetzt siehst du, wie dein Vater den Kopf in den Händen verbirgt. Hilflos. Schon jetzt siehst du deine Freunde, wie sie durch die Gänge der Percy Academy laufen. Fassungslos. Aber du stirbst nicht. Jeder Atemzug, den deine Seele macht, ist kühl und erfrischend und erinnert dich an einen Geschmack, den du mal geliebt hast, aber das ist lange her. Lakritze. Pfefferminz. Regen. Dann ist deine Seele wieder ganz du, nur leichter und freier und kann an tausend Orten gleichzeitig sein. Deine neuen Seelen-Augen blicken sich um. Sie sehen zwei Cops mit offenem Mund dastehen. Der eine flucht und tritt gegen einen Baum. Deine Seele merkt langsam, dass du in einem Park bist. Überall Bäume um dich herum. Die Cops wirken alle beide erschrocken.

Der ist tot, sagt einer von ihnen.

Der andere flucht wieder. Deine Seele mag den Klang dieses Schimpfworts nicht. Zu hart. Zu schwer in dieser neuen seelenleichten Luft.

Die Cops können dich nicht sehen. Sie sehen nur einen toten Körper auf dem Boden liegen – einen Jungen. Einen Schwarzen Jungen. Sie wissen, dass es nicht der *Mann* ist, den sie gesucht haben. Sie wissen, dass sie einen Fehler gemacht haben. Deine Seele schaut den

Jungen an, sie weiß, dass seine Freunde ihn Miah riefen, er aber mit vollem Namen Jeremiah Roselind hieß. Groß war. Und Schwarz. Er hat Locks und diese Locks liegen jetzt dort auf dem Boden ausgebreitet. Seine Augen sind weit aufgerissen. Graugrüne erloschene Augen. Und deine Seele denkt, der Junge wurde einmal geliebt. Sie denkt, der Junge war einmal ich. Der Wind bläst den Schnee nach links und rechts, wirbelt ihn auf. Du bist so leicht, dass du dich mit dem Wind und dem Schnee bewegst. Lass dich vom Wind treiben. Und er trägt dich nach oben – erhebt dich über eine Welt voller Trauer, Angst und Gefahr. Über eine Welt mit ersten Küssen und Händchenhalten und mit einer Person, in die du dich verliebst. Sie ist da. Gleich hier. Schau genau hin. *Yeah*. Das ist sie. Das ist meine Ellie.

DER SCHMERZ

Ellie

Noch lange, nachdem Miah gestorben war, konnten viele von uns nicht schlafen. Nachts lagen wir mit weit geöffneten Augen im Bett und beobachteten, wie sich die Dunkelheit über uns senkte, wo auch immer wir gerade waren. Ich in einem Zimmer in einem Haus in der Upper West Side, wo meine Eltern vor langer Zeit hingezogen sind. Nein, kein ganzes *Haus*, sondern eine *Wohnung*, die über zwei Stockwerke geht, in einem schicken Apartmenthaus mit Doorman. Mein Vater ist Arzt. Meine Mutter Hausfrau. Ich gehe auf die Percy, eine teure Privatschule. Manche Leute schauen mich an und sehen dann ein weißes Mädchen in Schuluniform – burgunderfarbene Jacke und grauer Rock – und denken: *Die hat alle Privilegien der Welt gepachtet.* Und ich schaue zurück und denke: *Ihr habt ja keine Ahnung.*

Sonst wüssten sie, dass niemand von uns, die wir über ganz New York City verstreut sind – ich in meinem großen Zimmer, Nelia in ihrem Sandsteinhaus in Fort Greene, Norman in der Wohnung seiner Freundin, Onkel und Tanten, Cousinen und Cousins, sogar Fremde –, dass niemand von uns schlief. Wir lagen nur da, starrten an die Decke oder hinaus in die Dunkelheit. Oder an manchen Tagen hielten wir inne bei dem, was wir gerade taten, und vergaßen, was wir eigentlich tun wollten. Wir dachten: *Jeremiah ist tot.* Wir flüsterten: *Jeremiah ist tot.* Als ob daran zu denken und es zu flüstern uns helfen könnte, es zu begreifen. Wir aßen kaum. Wir gingen nur dann aufs Klo, wenn wir so dringend mussten, dass wir uns sonst in die Hose gemacht hätten. Morgens schoben wir die Decken zur Seite, saßen dann auf der Bettkante und wussten nicht, was wir als Nächstes tun sollten. Hätten also diese fremden Leute mich richtig angeschaut und wirklich in mein Gesicht eines privilegierten weißen Mädchens gesehen, hätten sie dort den Ort gesehen, an dem ich nicht einmal existierte. An dem ein Teil von mir auch gestorben ist.

Miah starb an einem Samstagnachmittag. Am Abend ging es los mit den Anrufen. Als Erstes seine Mutter, Nelia, die fragte, ob Miah noch bei mir sei. Dann rief sein Vater Norman an. Dann die Polizei. Dann schwieg das Telefon. Die Nacht hindurch und bis zum nächsten

Morgen. Dann klingelte das Telefon wieder und Nelia sagte: *Ellie, Miah wurde erschossen …*

An viel mehr kann ich mich nicht erinnern. Es gab ein Begräbnis. Tränen. Gab Tage, viele Tage, die ich im Bett blieb. Mit Fieber vielleicht.

Es gab keinen Miah mehr.

Keinen Miah.

Kein Miah und ich.

Nelia

Ich war einmal Schriftstellerin. Gedanken, Leute und Orte kamen zu mir und ich schrieb alles auf. Damals war die Welt so *klar* für mich. Wenn ich mich an meinen Schreibtisch setzte und schrieb, hatte ich das Gefühl, ich würde *alles* verstehen. Ich kam mir brillant vor, vollkommen und gut. Aber wer versteht schon *alles.* Wer versteht überhaupt *irgendetwas.* Ich meine, versteht es *wirklich.* Leute, die Auszeichnungen bekommen, weil sie Genies sind und großartige Schriftstellerinnen und weil sie die Welt verändern, verstehen die? Können die sich *vorstellen*, wie es sich anfühlt, an manchen Tagen aufzuwachen und nicht einmal zu wissen, wie man heißt? Wie heiße ich? … Nelia. Ja genau, Nelia. Mein vollständiger Name? Cornelia Elizabeth Roselind. Aber vor Roselind hieß ich anders. Heute Morgen habe ich vergessen, wie. Aber es spielt keine Rolle. Wer ich war. Wer ich bin. Wer ich irgendwann sein werde. Die Welt hat sich für mich vollkommen verändert. Da sind so viele Menschen, die Dinge sagen, die ich nicht verstehe. Gesichter auf dem Bildschirm sprechen zu mir – Lippen bewegen sich ohne Ton. Irgendwo herrscht Krieg. Und woanders sprengen sich Selbstmordattentäter in die Luft. Werden Menschen vermisst und wiedergefunden. Suchen Kinder ein Zuhause. Wird für Süßigkeiten geworben. Heute Morgen habe ich einen Hund gesehen, der nur drei Beine hatte. Er war schwarz und hatte unglaublich traurige Augen. Aber welcher Hund hat schon keine traurigen Augen? Und welches Kind wünscht sich kein Zuhause? Meine Haut war immer weich. Aber jetzt fühlt es sich an, als würde über mein Fleisch und meine Knochen ein harter Panzer wachsen. Im Eingang wächst die *New York Times* zu einer Sonnenblume. Die Zeitung kommt in einer blauen Plastiktüte. Eine blaue Sonnenblume, die unkontrolliert heranwächst. Ich kann sie nicht stoppen. Jemand muss hierher zu mir kommen. Muss mir neu beibringen, wie man jemanden anruft, seine Nummer wählt. Denn dann könnte ich jemanden anrufen – aber wen? – und sagen – ja was denn? Liefern Sie mir bitte keine Zeitungen mehr. Sagt man das so? Wenn jemand ans Telefon geht – willst du dann wirklich darum bitten, *weniger* von etwas zu haben? Wer mag denn *weniger* haben? Wollen wir nicht alle immer *mehr*?

Ich bin nicht alt. Meine Haare sind noch schwarz. Sie locken sich noch genauso wie früher. Außer an einem Punkt. Dort. Genau an der Stelle, wo der Nacken in den Kopf übergeht. Dort ist mein Haar glatt. Früher hat es sich dort gekräuselt und die Locken wippten an meinem Hals. Aber jetzt klebt das Haar schlapp am Hals wie bei einer missratenen Dauerwelle.

Und meine Hände. Ich bin nicht alt, aber manchmal zittern meine Hände. Ich finde keinen Stift, der schreibt. Ich finde kein Papier, auf dem ich schreiben kann. Ich finde nichts, nichts, nichts.

Also schlafe ich. In diesem riesigen Haus mit all seiner Stille, was soll man da auch sonst tun?

Kennedy

Im Winter ham wir unser letztes Spiel gegen Dalton verloren, 102:62. Dabei sind die von Dalton die Totalversager. Ich mein, das Team ist voll beschissen. ’n paar sagen ja, das kommt bei uns davon, weil Miah tot is – also, er wurde *erschossen*. Aber okay, Miah is tot, aber das is dann noch lange kein Grund, von irgendwelchen Weicheiern aus Dalton so was von zerlegt zu werden. Ich mein, zeigt ’nem toten Bruder ein wenig Respekt und schlagt mindestens ’ne Verlängerung oder so raus. Aber doch nich so ’ne Megaklatsche kassieren.

Ich sag euch mal was, es gibt Sachen, die ich an der Percy Academy voll mag, und dann gibt’s Sachen, die mich ankotzen. Wie das Team. Ich mein, ich steh ja voll auf Basketball, aber Percy hat das mit Abstand mieseste Team von, keine Ahnung, dieser Seite der *Galaxis*.

Wahrscheinlich gibt's irgendwo auf der Milchstraße ein bessres Team, was da oben langdribbelt. Winzig kleine Marsmännchen kriegen wahrscheinlich bessere Jumpshots hin als die Jungs aus meinem Team. Aber es gibt auch 'n paar Sachen, die ich an dieser Schule voll mag. So was wie – okay, ich weiß, das klingt jetzt voll krank, und wenn jemand sagt, dass ich das gesagt hab, dann polier ich dem die Fresse, aber dem glaubt sowieso niemand, weil jeder an der Percy weiß, dass Kennedy so was nich macht, aber ... ich steh auf die Uniformen. Carlos sagt zwar, *da kommt Kennedy in seinem Affenaufzug*, aber ich weiß, das ist bloß der Neid, der frisst den von innen auf. Ich mein, wo ich leb, da gehn nich viele Kids auf eine Privatschule. Also, die Kids gehn schon zur Schule, is ja nich so, wie einem das die Nachrichtenfuzzis im Fernsehen erzählen, all das Gelaber von wegen 'ne Menge Leute, die die Schule schmeißen oder als Teenager schwanger werden und bla, bla, bla. Klar, das passiert schon da, wo ich leb, aber das passiert auch da, wo andre Leute leben. Das Problem is, dass in den Nachrichten so 'ne gequirlte Scheiße gelabert wird, nur um den Leuten Angst zu machen. Als ob die nich sowieso schon voll Schiss hätten. Ich find's scheiße, dass man die Nachrichten benutzt, um den Menschen so richtig Angst zu machen vor Leuten, die so aussehen wie ich. Oder so wie Miah. Also, wenn Miah jetzt tot is, dann genau deswegen – er ist tot, weil die Leute Schiss haben. Deswegen versuch ich, keine Angst vor gar nichts zu haben. Am Morgen steh ich auf, putz meine Zähne, dusche. Ich schau in den Spiegel, nehm den Durag ab, checke die Braids, dass alles noch sitzt. Und wenn meine Kopfhaut 'n bisschen trocken is, dann nehm ich etwas Vaseline, geb ein wenig Ölspray auf die Zöpfe – na ja, damit die gut aussehen. Dann zieh ich meine Percy-Sachen an: graue Hose – ich trag sie baggystyle, die Schule macht da keinen Stress, das ist cool – weißes Hemd mit kastanienfarbiger Krawatte. Kastanienfarbige Jacke mit 'nem Percy-Academy-Patch links auf der Brust. Dann geh ich raus aus dem Building 1633 Albany Houses in Never Ran, Never Will-Brownsville. Brooklyn, New York. Voll das Getto. Genau, ich komm aus den Projects. *So what?* Viele Percy-Kids haben die dicke Kohle, leben in diesen fetten geilen Häusern der Upper East Side oder der Upper West Side. Die haben Doormans und Reinigungsservice für die Klamotten und so Zeug. So was eben. Schätze mal, 'n paar von denen halten sich für was Besseres, weil sie Kohle oder sonst was haben, *whatever*. Aber Fakt ist, Kohle und Doormans und geile Klamotten kannst du nicht mit ins Jenseits, an einen besseren Ort nehmen. Scheiße – wir tragen an der Percy doch Uniformen und deswegen helfen dir die geilen Klamotten ja gar nicht mal was im *Diesseits*. *Yeah*, ich glaub an einen besseren Ort. Und ich glaub an das Hier und Jetzt. Und wenn ich in meinem Zimmer sitz und auf die vielen Poster starr mit all den Basketballern vor mir an der Wand – dann check ich, dass ich doch 'ne Menge weiß. Ich bin vielleicht nich wirklich reich oder clever oder schau gut aus, aber ich weiß 'ne Menge Dinge. Ich weiß, dass ein Cop Miah von hinten erschossen hat und dass die Kugel durch seine Schulter direkt in sein Herz ging. Und sein Herz einfach so ausgeschaltet wurde wie ein Fernseher. Vielleicht war es für Miah echt hart, so zu sterben. Vielleicht tat es scheiße weh, so abzutreten. Aber manchmal, da spür ich meinen Kumpel genau hier, genau neben mir. Er sitzt auf meinem Bett. Und er starrt auch die Poster an. Und dann hat er dieses fette Grinsen im Gesicht. Ich kann sogar seine Hand spüren, wie er mich abklatscht und sagt: *Weißt du, wir hätten Dalton fertigmachen sollen, was?* Und ich nehm seine Hand, zieh ihn kurz zu mir rüber, hau ihm auf den Rücken. Und sag: *Wem sagst du das, Miah-Mann? Wem sagst du das?*

Norman Roselind

Im Januar begann der Schnee zu schmelzen. Danach kam der Regen. Jeremiah war da schon anderthalb Monate tot. Jeden Tag sah ich aus dem Fenster und wartete auf die Sonne, aber sie zeigte sich lange Zeit nicht. Verdammt. Als ob die Sonne nach Miahs Tod beschlossen hätte, nicht mehr zu scheinen. Die Stadt war so grau, das hätte genauso gut Seattle sein können. Der Schmerz in mir war so tief, manchmal blieb ich einfach stehen, wo ich gerade war, mit offenem Mund und brennenden Augen. Und mein Herz schlug und schlug immer heftiger. All die Jahre hatte ich nie darauf geachtet, und dann starb mein Sohn, und mein Herz fing an zu hämmern, als wollte es gleich aus meiner Brust brechen. Sogar während ich das hier erzähle, hämmert es. Die Ärzte meinen, sie können nichts dagegen tun. Und ich weiß, sie sehen mich an und wollen eigentlich sagen – *Wir können ihn nicht zurückbringen, Mr. Roselind.*

Und so blieb die Welt einfach grau, meine Augen brennen und manchmal kommen dann Tränen und hören gar nicht mehr auf, und manchmal ist es nur mein Herz, das wie wild hämmert. So wie gerade.

Aber ich rede jetzt von *dem* Winter, direkt *danach*. Ich bemühte mich, die Dinge zu erledigen, die jemand tut, um weiter zu funktionieren – Reinigung, Autoreparatur, Post … Ich hatte ein Filmröllchen zum Entwickeln gebracht, und als ich es abholen konnte, waren ein paar Bilder von dem Tag dabei, an dem Miah und ich raus nach East Hampton gefahren waren, weil ich dort nach der Location für meinen nächsten Film gesucht hatte. Niemand sollte sich auch nur vorstellen müssen, wie es ist, mit einem Umschlag voller Fotos unterm Arm aus dem Laden zu kommen und dann, wenn man den Umschlag aufmacht, lauter Bilder von seinem toten Sohn zu sehen. Das wünsch ich niemandem – nicht mal meinem ärgsten Feind. Aber genau so war es bei mir, ich lief die Fulton Street runter, mir schnürte es die Kehle zu, ich musste anhalten und mir ins Gedächtnis rufen, wie man atmet. Ich erinnere mich an ein kleines Mädchen und dessen Mutter, die auf die andere Straßenseite wechselten, als sie mich so dastehen sahen. Eine andere Frau fragte, ob ich okay wäre. Und ich sagte: *Mein Sohn …*

mein Sohn wurde getötet. Jeremiah. Mein Sohn hieß Jeremiah. Er war erst fünfzehn. Erst fünfzehn. Ich sagte es immer wieder. *Erst fünfzehn.* Dann kamen die Tränen und hörten nicht mehr auf. Die Frau wollte wissen, wo ich wohne, und irgendwie schaffte ich es, ihr das zu sagen. Sie fasste mit der Hand meinen Ellenbogen und führte mich freundlich nach Hause. Lois Ann war da. Sie bedankte sich bei der Frau. Nahm mich mit nach oben und half mir ins Bett. Das ist lange her. Aber an manchen Tagen fühlt es sich an, als wäre es gestern gewesen.

Auf einem der Fotos hat Miah dieses breite Grinsen im Gesicht. Als ich die Bilder durchsah, wurde ich direkt an diesen Tag zurückkatapultiert. Ich erinnerte mich daran, dass wir dieses ganze Gespräch über Weiße hatten und ich ihm was davon erzählt habe, dass Weiße sich gar nicht bewusst sind, dass sie weiß sind. Wenn sie zum Beispiel auf eine Party gehen, dann wissen sie nicht, dass sie weiß sind, wenn im Raum nur Weiße sind, aber wenn sie zu einer Party von Schwarzen Leuten gehen – *dann* wissen sie es. Ich erinnere mich, dass Miah immer schweigsamer wurde und aus dem Fenster sah. Er hatte eine grüne Jacke und seine schwarze Jeans an. Ich erinnere mich, dass ich ihn betrachtete und dachte: *Wie haben Nelia und ich es nur geschafft, so ein hübsches Kind hinzukriegen?* Aber er war kein Kind mehr. Da war dieser schmale Flaumstreifen über seiner Oberlippe, und sein Gesicht hatte sich verändert – er hatte mein Kinn. Und er hatte dieselbe Angewohnheit wie ich, die Kiefer zusammenzupressen, wenn er angestrengt über etwas nachdachte. So fuhren wir noch eine Weile durch die Gegend, er starrte vor sich hin und presste die Kiefer zusammen, und ich fragte mich, was wohl in ihm vorging.

»Glaubst du, dass es irgendwo einen weißen Menschen auf dieser Welt gibt, Daddy«, fragte Miah, »einen einzigen, der anders ist? Der morgens aufsteht und sagt: *Ich bin weiß, was mache ich daraus – wie kann ich das benutzen, um die Welt zu verändern?*«

Jetzt weiß ich, warum er das gefragt hat. Ich weiß, warum wir an dem Tag dieses Gespräch geführt haben. Aber was nützt es, wenn ich das jetzt weiß?

Jeremiah

Die Seele blickt zurück und staunt. Meine jedenfalls. Nur wusste ich nicht, dass es meine Seele war – ich dachte, *ich* würde auf mich zurückblicken. Aber ich hatte dabei die Stimme meiner Großmutter im Ohr. Wie sie sagt: *Die Seele blickt zurück und staunt*. Das sagte sie jedes Mal, wenn etwas für sie keinen Sinn ergab. Oder jedes Mal, wenn ich etwas anscheinend so richtig Ungezogenes machte. Wie damals, als ich eine Gummischlange oben auf ihren Wäschestapel gelegt habe. Sie hat sich so erschreckt, dass ihr die Luft wegblieb. Und als sie so da saß, eine Hand gegen die Brust gepresst, und keuchend ein- und ausatmete, wurde mir klar – sogar mit meinen erst sieben Jahren –, dass ich etwas getan hatte, das sich nicht mehr ungeschehen machen ließ. Und dass sie, sobald sie wieder Luft bekam, mir so den Hintern versohlen würde, wie ich noch nie im Leben verprügelt worden war. Oder ich Gott sei Dank nie wieder würde. Und später, als sie mit dem Riemen auf meine nackten Beine und meinen wunden Hintern einschlug, wiederholte sie ununterbrochen: »Die Seele« – *Klatsch!* – »blickt« – *Klatsch!* – »zurück« – *Klatsch!* – »und« – *Klatsch!* – »staunt« – *Klatsch!*

Meine Großmutter konnte einem schon so richtig den Hintern verdreschen. Das war kein Spaß. Sie bekam dann diesen gewissen Gesichtsausdruck, also, wenn du frech wurdest oder wenn du mit Streichhölzern spieltest, oder eben, wenn du ihr eine Schlange auf die Wäsche gelegt hast. Der besagte: *Wie in Gottes Namen konntest du auf die Idee kommen, dass das richtig ist ...?* Und dann war alles klar. Dann war dir klar, dass dein Hintern geliefert war. Meine Mom und mein Dad haben mich nie geschlagen, aber meine Oma hat deren Erziehung ohne Prügel dadurch ausgeglichen, dass sie mir hin und wieder zu verstehen gab: »Wenn das Kind geraten soll, Jeremiah – darfst du *nicht* mit der Rute sparen.«

Ich war ihr einziges Enkelkind und ihre Liebe zu mir war so stark, dass mein Vater immer sagte, man könne sie schon meilenweit gegen den Wind spüren. Sobald sie anrief, dass sie nach New York unterwegs war, sagte er: »Halt mal kurz, Miah, spürst du, wie die Liebe kommt?«

Desire Viola Rosalind

Acht Jahre lang war ich Miahs Granny. Auch davor schon, schätz ich mal. Fühlt sich an, als hätt' ich ihn schon gekannt, bevor er auf die Welt kam. Länger als der sich selbst kannte, ehrlich. Scheint so, als wären wir echte Freunde gewesen – und nicht Oma und ihr erstgeborener Enkel –, irgendwo vor dem Leben auf der Erde …

Leben. Auf. Der. Erde.

Denkt mal darüber nach. Von Weitem sieht die Erde so winzig aus. Ich weiß noch, als ich ein kleines Mädchen war, hat mein Daddy mir mal 'ne blaue Murmel gezeigt, so eine, die nicht nur blau ist, sondern daneben noch viele andere Farben hat. Und er sagte zu mir: *Mädchen, schau dir diese Murmel genau an, denn das da, was du hier vor dir hast, das ist die ganze weite Welt.*

Und ich sah die Murmel genau an und dann sah ich meinen Pa genau an und ich schätze mal, ich hab gedacht, der Mann da, den ich immer geliebt habe, der muss verrückt geworden sein.

Damals haben wir in Aiken gelebt. In einem kleinen Backsteinhaus. Da gingst du drei Steinstufen hoch und schon warst du auf der Veranda. Auf der stand eine Schaukel – so eine alte Hollywoodschaukel mit Metallgestell – und jedes Mal, wenn du dich da draufsetztest und mit dem Schaukeln anfingst, quietschte die himmelschreiend.

Also, du gingst die drei Steinstufen hoch, an der Schaukel vorbei und dann standst du vor unserer Vordertür mit dem Fliegengitter. Dann warst du auch gleich in unserem Wohnzimmer – mit Holzfußboden, einem großen Bollerofen – der wärmte das ganze Haus, du glaubst es nicht. Einmal hat der Ärmel meiner kleinen Schwester Feuer gefangen, weil sie zu nah an der offenen Ofentür stand. Danach wurde die Haut auf ihrem Arm nie mehr wie vorher und sie hielt ihn irgendwie anders als den gesunden. Und als sie dann eine junge Frau wurde, trug sie nie kurze Ärmel – nicht mal im Hochsommer –, weil sie sich schämte. Keine Ahnung, ob sie sich wegen der Narben schämte oder weil sie als Kind so dumm war, mit dem Arm so dicht ans Feuer zu gehen. Ich schätz mal, wohl was von beidem. Ich denke, das ist meine erste Erinnerung daran, wie Menschen ihre Narben verstecken.

Mädchen, sagte mein Vater dann, *ich weiß, du glaubst, ich bin verrückt, aber so wie diese Murmel sieht die Welt aus, und zwar für alle, nur für uns Menschen nicht.*

Und ich sah die Murmel an. Sah meinen Daddy an. Schaute mich um in unserem kleinen Backsteinhaus. Schaute hin und her und hin und her, ich muss selbst dabei ziemlich dumm ausgesehen haben.

Lieber Vater, sagte ich dann, *ich schätz mal, ich weiß nicht, was das heißt, wenn du sagst, für alle, nur für uns Menschen nicht. Da gibt's doch niemand sonst außer Gott, der gucken kann.*

Von wegen, Schätzchen, sagte mein Daddy darauf. Er war in die Hocke gegangen, wie viele Leute das so machen. Er hockte sich hin, weil er groß war – über ein Meter achtzig – ich und meine Geschwister kamen nach Mom und wurden nicht groß. Ich war die kleinste in der Familie – alles an mir war winzig, Hände, Füße und der ganze Körper.

Also, mein Daddy stand auf und schaute runter zu mir und dann lächelte er. Er hatte ein nettes, breites Lächeln mit vielen weißen Zähnen, mein Daddy.

Schließ die Augen, sagte mein Daddy.

Machte ich.

Und jetzt denk mal nach, Schätzchen. Denk an diese

Welt, wie sie wäre ohne ihre Farben, Klänge und Gerüche. Und halt einen Moment die Luft an.

Machte ich.

Nun hol wieder Luft und mach die Augen auf.

Machte ich.

Und da ist die ganze große Welt wieder. Aber jetzt ist sie irgendwie besser, oder?

Ich sah mich um und ich mochte das Gefühl, wie alles wieder da war, wo es hingehörte, wie der Raum wieder vor meinen Augen auftauchte und der Boden unter meinen Boden wieder fest zu spüren war. Und wie mein Daddy dort stand und grinste, als würde er immer so da sein … für alle Zeit …

Und jetzt bin ich hier – bin ganz auf der anderen Seite dieser Geschichte und dieses wunderschönen Tages. Ich wurde erwachsen und wurde alt und dann wurde ich krank und starb. Aber bevor das alles passierte, bekam ich einen Sohn und mein Sohn bekam wiederum einen Sohn. Und er nannte diesen Jungen Jeremiah.

Und manchmal am Morgen kommt Jeremiah zu mir auf die Veranda, wenn ich dort sitze und in meinem großen Stuhl aus Ahornholz auf und ab schaukele, und das Polster ist weicher, als es sein sollte, und das Holz riecht, als wäre es erst vor einer Stunde zerteilt worden, und die Luft ist so kühl und sanft wie eine Kinderhand. Und Miah setzt sich neben mich und wir sehen nach vorne, wo die übrige Welt an uns vorbeihetzt – wo Menschen tun, was sie tun müssen, um durch den Tag zu kommen.

Und Jeremiah sagt: *Erzähl mir die Geschichte noch mal, Grandma, die über die Murmel.*

Und die Liebe für diesen Jungen erfüllt mein Herz voll und ganz bis zum Überquellen.

Ellie

Das erste Mal, als ich versuchte, an den Ort zu gehen, wo die Cops Miah erschossen haben, war es dunkel. Nachts ist der Central Park kein sicherer Platz. Leute werden ausgeraubt. Vergewaltigt. Ein Mann wurde mal von einer Gruppe Jugendlicher angegriffen, nur weil die wissen wollten, ob sie damit durchkommen – reiche Kids von der Upper East Side. Einige konnten abhauen, aber drei hat man gefasst. *Das war doch nur Spaß,* meinten sie. *Wir hätten doch nie gedacht, dass es so enden würde.* Wie auch immer, der Mann hat es nicht geschafft. Ich weiß nicht, was mit den Kids passiert ist – die waren in meinem Alter, fünfzehn, sechzehn. Die Geschichte war eine Weile überall in den Nachrichten, aber dann war sie plötzlich weg. Dann war wohl etwas anderes passiert und die Medien haben sich mit Begeisterung auf das

Neue gestürzt. Nachts ist der Park übrigens dunkel und still. Wäre es dort nicht so gefährlich, könnte es schön dort sein. Ich wollte unbedingt den Ort sehen, wo Miah gestorben war. Wollte dort lauschen – seinen Schrei hören. Seit seinem Tod waren zwei Monate vergangen. Es war Ende Februar und so kalt, dass meine Hände wehtaten. Ich kannte die Stelle, die Zeitungen hatten mindestens einen Monat lang über die Sache geschrieben. Es wurde auch demonstriert – wieder war ein Schwarzer aufgrund einer Verwechslung erschossen worden. Aber dieses Mal war alles anders. In den Zeitungen stand, dass Miah eben nicht nur irgendein Schwarzer war. Er war ein Kind aus reichem Haus. Der Sohn von berühmten Eltern. Er war beliebt und ging auf eine der renommiertesten Schulen von ganz New York. Ich habe jedes Wort gelesen, obwohl Marion versucht hat, mir die Zeitungen wegzunehmen.

»Du solltest dir das nicht antun, Elisha«, sagte sie.

»Doch«, antwortete ich. Ja, sie ist meine Mutter. Aber sie versteht das nicht. Wie sollte sie je irgendwas davon verstehen? Wie sollte irgendwer wissen, wie das war? Es war alles so verdammt sinnlos. Und diese blöden Zeitungen – wie konnten sie nur? Wie konnten sie nur ein Leben mit einem anderen vergleichen?

Als ich das erste Mal versuchte, an den Ort zu gehen, an dem die Polizei Miah erschossen hatte, tauchte plötzlich ein Hund wie aus dem Nichts auf und flitzte dann zurück in die Dunkelheit. Ich blieb daraufhin stehen, noch weit entfernt von der Stelle – draußen in der Kälte und der Dunkelheit. Ich blieb stehen, legte die Arme fest um mich in der Dunkelheit.

Und schrie los, schrie und konnte nicht mehr aufhören zu schreien.

Carlton

Dieser Samstagnachmittag – ich nenne ihn immer so. Diesen Samstag. Ich sage nicht »Der Tag, an dem Miah starb«. Nicht »Der Tag, an dem sich so viele von uns für immer verändert haben«. Nicht »Samstag, der achte Dezember«. An diesem Samstag begann es heftig zu schneien. Ich saß auf den Stufen vor dem Haus und dachte über einiges nach. In diesem Herbst war mir langsam diese Sache bei mir klar geworden, dieses blöde Geheimnis, von dem ich wusste, dass ich es nie ausleben würde oder je darüber sprechen würde. Und dann war auf einmal der Herbst vorbei und es fing an zu schneien. Eine neue Jahreszeit. Ein anderes Wetter. Und das Geheimnis wurde älter und tiefer. Als es mit dem Schnee losging, war es nasser und kälter geworden, als ich es jemals erlebt hatte. Ich trug einen Pulli und eine Jeans und meine festen Schuhe. Vielleicht hatte ich auch ein T-Shirt drunter, auf jeden Fall zu wenig. Sogar meine Fingernägel waren eiskalt. Ich schaute rüber zu Jeremiahs Haus – jedes Fenster außer dem in Nelias Arbeitszimmer war dunkel. Ich wusste, dass Miah nicht zu Hause war, also konnte ich nicht rüber. Aber ich wollte auch nicht zu mir rein. Meine Mutter war da drinnen, sie lag wahrscheinlich auf der Couch und las. Irgendeinen Liebesroman. Wahrscheinlich las sie was über eine Frau, die sich in einen Mann verliebte und danach glücklich mit ihm bis ans Ende ihrer Tage lebte. Diese Bücher mit goldenen Buchstaben auf dem Cover. Und immer über weiße Frauen. Meine Mutter ist weiß, und ich frage mich, ob sie einen Teil von sich in diesen Büchern wiedererkennt – ich frage mich, ob sie sich dabei etwas wünscht. Oder sich einfach von ihnen fesseln lässt, bis sie wieder auf die Erde zurückkommt und mir und meinem Vater was zu essen macht und die Wäsche für die nächste Arbeitswoche bügelt. Sie ist Lehrerin. Mein Vater Musiker. Sie sind eine Ewigkeit zusammen. Meine Schwester lebt in England. Oxford. Sie wollte raus aus New York. Wollte weg von unserer Kleinfamilie, glaub ich. Vielleicht ging mir all das durch den Kopf, als ich fröstelnd auf den Stufen saß und sehr leise vor mich hin sang. Vielleicht sing ich so gern, weil mein Vater Musiker ist. An dem Tag sang ich »Landslide«, nicht das Remake, sondern die alte Fleetwood-Mac-Version, in der Stevie Nicks das Stück wirklich rockt. Jeremiah meinte immer, es wäre schon irgendwie *strange*, dass ich so ein Stevie-Nicks-Fan bin, aber ihre Stimme – also ihre *Stimme* – die machte was mit mir. Und keiner kann »Landslide« so singen wie sie. Mein Vater hat mich auf diesen Song gebracht. Er spielt Klavier und Gitarre und noch ein paar Instrumente. Da kommt er eines Tages mit seiner Gitarre und fängt an zu strummen und singt diesen Song. *Can I sail through the changing ocean tide? Can I handle the seasons of my life?* Und da lag dann immer so eine Traurigkeit in seiner Stimme, aber das war nichts im Vergleich zu der von Stevie. Wenn sie darüber singt, wie der Erdrutsch ihr den Boden unter den Füßen wegzieht, dann geht das echt ans Herz. Deswegen saß ich da, sang und versuchte, das zu machen, was sie mit diesem Song macht.

Aber dann passierte etwas Seltsames. Ich vergaß den Text. Ich hab diesen Song mein ganzes Leben lang gehört und gesungen, und dann saß ich da auf den Stufen, während der Schnee schwer und nass fiel, und hatte den Text eines Songs vergessen, den ich in- und auswendig konnte. Und ich sah mich um und spürte, wie Panik in mir aufstieg. Kein Mensch war auf der Straße und es wurde dunkel. Es schneite immer heftiger. Und ich weiß noch, wie mir dann durch den Kopf schoss: *Wo zur Hölle ist Miah?*

DIE
HEILUNG

Norman Roselind

Sonntag Morgen, ich höre, wie die *Times* klatschend auf den Stufen landet. Es ist noch früh und Regen liegt in der Luft. Meine Freundin schläft noch. Ich betrachte sie, während ich mich aufsetze. Ihre Haare werden langsam grau und ihre Wangen werden mit den Jahren ein wenig runder. Ich frage mich, was sie wohl sieht, wenn sie mich betrachtet. Sehe auf meine Hände, die immer noch fast jeden Tag zittern, so wie mein ganzer Körper manchmal zittert, bis ich meine Gedanken auf etwas Entspannendes konzentriere – Ozeane und Wälder und kühle, entspannte Abende. Mein Herz hämmert immer noch in meiner Brust. Und meine Augen, ich weiß, wenn jemand in sie hineinschaut, dann sehen sie nur einen halben Mann – der nicht ganz bei der Sache ist, nicht komplett im Hier und Jetzt. Ich streichle über den

Rücken meiner Freundin, sehe, wie meine zitternde Hand an ihm entlangfährt. Sie ist eine attraktive Frau – mit brauner Haut, dunklen Augen und so viel Fleisch auf den Rippen, dass man wirklich nicht von dünn sprechen kann. Und ihre Stimme hat was, irgendwie klingt es wie eine frische Brise, wenn sie meinen Namen sagt. Das Zittern lässt nach, dann endet es, und ich stehe auf, ziehe mir den Bademantel über den Schlafanzug und gehe nach unten, um die Zeitung reinzuholen.

Als ich die Tür öffne, schaue ich rüber zu Nelias Fenster. Ich war mal mit ihr verheiratet. Und wir hatten mal einen Sohn. Ich spüre, wie meine Hand wieder zu zittern anfängt, und denke: *Das ist jetzt Vergangenheit. Das Leben geht weiter.* In meinem Kopf ist ein dumpfer Schmerz. Ich hole die Zeitung aus der Plastiktüte und starre auf die Schlagzeilen, ohne sie zu lesen. So viele Nachrichten. So viele Dinge, die man an einem Tag tun muss. So viele Menschen, an die man sich erinnern muss. Und anstehende Geburtstage und Feiertage. Eier und Milch, die man besorgen muss. Miah hatte Schuhgröße 44. Hatte meine Hände. Meinen Kopf. Der Eriesee. Der Lake Champlain. Wellen, die an den Strand bei Montauk klatschen. Miahs braune Hände, die eine Sandburg bauen. Sein magerer Körper eines Siebenjährigen. *Daddy, schau mal!* Und die Welle, die an dem Nachmittag dann kam. Die Art, wie er lachte, als die Burg ins

Meer zerfloss. Wo war das noch mal? St. Croix? Mauritius?

Nelias Vorhänge sind zugezogen – das sind sie schon eine ganze Weile. Die Zeitungen hatten sich bei ihr im Eingang gesammelt, aber jetzt sind sie alle weg. Sie lebt gegenüber, nur ein paar Häuser die Straße rauf. Es war nicht geplant, dass es so enden sollte. Ich habe nicht geplant, mich in Lois Ann zu verlieben. Manche Dinge passieren einfach, und du merkst, wie sie dir passieren, aber du kannst kaum was dagegen machen. Du musst dich ihnen einfach irgendwie ergeben. Vielleicht haben Nelia und ich uns schon eine lange Zeit voneinander entfernt. Es ist schwer, zurückzublicken. Die Bilder der Vergangenheit verschwimmen, wenn ich das versuche. Ein paar Momente erscheinen klar – der erste Schrei meines neugeborenen Sohns. Die Art, wie seine Augen dann die gleiche Farbe annahmen wie die von Nelia und wie sich bei ihm Teile von Nelia und Teile von mir zusammenfügten und etwas Seltsames und Wundervolles, ein komplett neues Lebewesen entstand. Er war wirklich was ganz *Besonderes.*

Ich setze mich auf die Stufen und versuche, die *Times* zu lesen. Der Präsident will einen Krieg. Ein paar Manager haben sich an Rentenfonds von anderen Menschen bedient. Ein Baby wurde bei einer Grundschule gefunden. Dem Baby geht's gut. Die Schülerinnen und

Schüler wollten alle, dass es nach ihnen benannt wird. Ich lese diese Geschichte und so hässlich sie auch ist, ich kann mir ein Lächeln nicht verkneifen. Kinder sind schon was ganz Besonderes. Sie sehen nur die Schönheit in einem Moment. Ich bleibe hier eine Weile so sitzen – und schaue immer mal wieder zu Nelias Fenster rüber. Ich fühle mich jetzt, als hätte ich mein Leben lang Filme gemacht und keiner davon könnte eine ganze Geschichte erzählen. Ich würde gerne einen – nur einen einzigen – Film machen, der vom Anfang bis zum Ende geht – die ganze Geschichte. Und nicht dieser schleimige Die-ganze-Geschichte-Scheiß wie in Talkshows, sondern, na ja, etwas, das wirklich zu Herzen geht – mitten rein ins Herz – und die Welt alles so tief und intensiv wie diese Geschichte empfinden lässt.

Gerade bewegt sich der Vorhang in Nelias Wohnzimmer ein wenig. Am liebsten würde ich sagen: *Öffne das Fenster, Nelia. Öffne die Türen. Komm raus. Es ist Herbst.* Der Morgen heute ist kühl und schön. Die Bäume verändern allmählich ihre Farbe. *Schau, Liebling*, möchte ich sagen. *Schau, wie das Leben weitergeht.*

Nelia

Es regnete am ersten Morgen, als Ellie bei mir klingelte. In der Stadt macht der Regen die Welt grau und dann scheint die Sonne herunter auf dieses Grau und alles glitzert silbern. Silber ist so ein schönes Metall. Und Ellie stand da unten darin eingehüllt, ihre kräftigen dunklen Haare waren feucht, ihre Sachen durchnässt und ihr schlaksiger Körper fröstelte.

Ich bin's, Ellie, sagte sie und schaute hoch zum Fenster. Hoch zu mir.

Dann lächelte Ellie. Ihr wundervolles Ellie-Lächeln, und ein Moment, ein Moment, der lange Zeit her war, fiel auf mich herab: mein Jeremiah und Ellie genau an der Stelle, wo Ellie jetzt stand. Ellie, die sich Jeremiah zuwendet und meinem Sohn genau so ein Lächeln schenkt. Ich fühlte mich alt, während ich sie durchs

Fenster betrachtete. Alt, aber auch aufgeregt, als wäre ich selbst noch mal fünfzehn und würde mich zu einem Jungen umdrehen – wer wäre das wohl gewesen? – und lächeln.

»Ellie«, sagte ich. »Ellie, wie schön, dich zu sehen.« Meine Stimme klang so fremd in meinen Ohren. Die Stimme einer alten Frau. Wann war ich alt geworden? Ein Geburtstag war vergangen, aber trotzdem …

Wie viel Zeit war vergangen seit Jeremiahs letztem Tag mit uns – ein Monat, zwei Monate, ein Jahr? Vielleicht wusste Ellie das. Vielleicht würde sie es mir sagen.

Aber als sie drinnen war, vergrub sie die Hände in den Taschen ihrer Jeans und sah sich um. Das Lächeln war nun verschwunden. Was sie wohl gerade sah? Das graue staubige Innere von etwas, das früher ein wunderschönes Zuhause gewesen war. Die Dunkelheit. Die Glühbirnen waren eine nach der anderen durchgebrannt. Wenn ich nun Schalter drückte, erreichte ich nichts damit.

»Es ist ziemlich dunkel hier«, sagte Ellie. Und das Lächeln war wieder da. Aber etwas hatte sich daran verändert – Verlegenheit lag rund um ihren Mund und in den Augenwinkeln. »Warum zünden wir nicht ein paar Kerzen an?«

Sie folgte mir in die Küche, wo ich staubige weiße Teelichter aus einer Schublade holte.

»Die Streichhölzer sind dort über dem Herd.«

Ellie ging zum Herd. Links von ihr war das Fenster, das auf die Straße ging. Oben hatte es zwei gelbe Buntglasscheiben. Davor hing ein Vorhang aus gelbem Leinen. Staubig. Immer noch. Ellie zog ihn zurück, die Streichhölzer in ihrer anderen Hand waren vergessen.

»Er mochte das Licht in diesem Raum«, sagte sie und ihre Stimme war eher ein Flüstern. Ich sah, wie ihre schmale Hand nach oben zu den gelben Scheiben ging, und ihre blasse Haut wirkte in deren Licht weicher. In dem wolkenverhangenen Regenlicht, das durch das Fenster hereinfiel, konnte ich sehen, dass ihre Finger lang und die Nägel daran blassrosa lackiert waren. Ich fragte mich, wann sie die lackiert hatte. Spätabends? Am Morgen? Hatte sie an Jeremiah gedacht, während sie die Farbe auftrug? Für wen machte sie sich in diesen Tagen schön?

Sie ließ ihre Hand an der Glasscheibe liegen, schien mich vergessen zu haben. In der Küche wurde es furchtbar still, eine Stille, die mir nur zu vertraut geworden war. Und nun, da Ellie hier bei mir war, schien diese Stille nicht dorthin zu gehören. Aber ich stand mitten in ihr. Sah, wie Ellies Hand das Glas berührte. Ich stand da in den kakifarbenen Hosen, die ich schon keine Ahnung wie lange trug, in dem weißen T-Shirt, von dem ich nicht einmal wusste, dass ich es irgendwann über den Kopf gezogen hatte. Am Tag nach Miahs Begräbnis war ich in den Fulton Street Barbershop gegangen und hatte mir dort meine Haare komplett abschneiden lassen. Wer brauchte schon Haare? Wer brauchte irgendetwas? Aber jetzt ging meine Hand hinauf zu meinem Kopf, und ich fühlte, dass mein Haar etwas nachgewachsen war, gerade lang genug, dass ich eine Handvoll davon mit den Fingern greifen konnte. Und als ich das tat, passierte etwas Seltsames – die Sonne, die den ganzen Morgen über wässrig blass und schüchtern gewesen war, schien jetzt klar und hell und überzog alles mit einer dünnen leuchtend gelben Schicht. Ich ließ meine Hand in den Haaren und schaute mich langsam in der Küche um – schaute auf den gelben Staub, der alles bedeckte, die in gelbes Licht getauchten Stühle aus Zedernholz, den abgenutzten schönen Holztisch, über den nun das Gelb floss, die weißen Wände, die aussahen, als wären sie in Butter getunkt worden …

Ellie drehte sich um und wir sahen einander einen Moment lang einfach nur an. Ich bekam keine Luft mehr. Auf einmal fühlte ich mich ausgelaugt und leer. Ich hätte am liebsten laut in das gelbe Licht hineingeschrien. Aber – es hielt mich … aufrecht und zusammen.

»Er …«, begann Ellie wieder und dabei sah sie mich direkt an. »Er mochte dieses Licht wirklich sehr.«

Carlton

September. Die Blätter fallen allmählich von den Bäumen. Der Himmel – der Himmel wirkt so, als wäre er um ein Stück näher an der Erde. Es ist kühl heute, aber immer noch warm genug für mich, sodass ich keine Jacke trage. Es – es ist so ein Tag, in den man sich verlieben könnte. Wenn ich einen Tag heiraten könnte, dann wäre das ein Septembertag – einer von den Tagen, an denen man mies und gleichzeitig irgendwie crazy drauf ist. Aber du kannst ja keinen Tag heiraten. Meine Mutter hat eine Nacht geheiratet. Meinen Vater. Carlton Senior. Einen Schwarzen Mann. Und dann kam ich dabei raus, Hautfarbe irgendwas zwischen meiner blauäugigen weißen Mutter und meinem dunkelhäutigen Dad. Was wäre, wenn die Farbe Weiß ein Tag wäre? Und was wäre, wenn meine Mutter einen Tag statt einer

Nacht geheiratet hätte? Dann wäre ich komplett weiß. Ich würde nicht durch diesen Septembertag stromern und wegen fallenden Laubs mit den Tränen kämpfen. Wäre ich dann allein?

Jemand stirbt, und du klammerst dich an alles, was du kriegen kannst. Ich glaube, es ist einfacher, wenn du weißt, dass die Leute sterben werden – irgendein alter Mensch, den du liebst – so was wie eine Großmutter oder ein netter alter Onkel. Du siehst ihnen beim Sterben zu, du bist auf ihren Tod eingestellt, und während der Tod näher kommt, erfährst du Geschichten von ihnen, berührst ihre Haut ein letztes Mal, lächelst sie an und sagst ihnen, wie sehr du sie liebst. Aber wenn jemand getötet wird – so wie mein Kumpel Miah – irrtümlich erschossen von Cops wegen einer Identitätsverwechslung – das klingt so nach Klischee, wenn man es laut ausspricht. Ich wünschte, es wäre ein Klischee. Wünschte, es wäre ein Traum, aus dem ich aufwachen könnte. Dann könnte ich ihn abschütteln und sagen *Oh Mann, wo kam das denn her*. Nein. Kein Traum. Wenn jemand getötet wird, wenn dieser Jemand der Typ ist, mit dem du so gut wie jeden Tag verbracht hast, seit ihr im Sandkasten zusammen gespielt habt – na ja, dann bist du nicht darauf eingestellt. Und alles, an das du dich klammern kannst, ist deine Erinnerung – und der Tag. Das Licht an dem Tag. Das Wetter. Du an dem Tag.

Wie alles riecht und sich anfühlt und aussieht. Dann gehst du am Abend zu Bett, und es kommt dir so vor, als hättest du ihn noch mal erlebt, wirklich durchlebt. Wie du damals an jenem Tag durch die Welt gelaufen bist – als alles noch ganz war. Wenn jemand wirklich plötzlich und unerwartet stirbt, so wie Miah, dann verbringst du jeden einzelnen Tag, nachdem die Nachricht dich wie ein Faustschlag getroffen hat, mit dem Versuch weiterzuleben. Und vielleicht lebst du manchmal mit großen Geheimnissen, die über deinem Kopf schweben, oder es gibt einige Dinge, die du wirklich von Herzen bedauerst. Aber das Gute ist, dass du laufen und atmen und jemandem zuwinken kannst. Und während die Tage vergehen und zu Wochen und Monaten und Jahren werden, wird dir klar, wie sehr jeder Tag, den du überstehst, zählt.

Ich atme tief durch und laufe weiter. Ein stiller Tag. Ohne Wind. Ein Tag mit so viel Farbe darin, dass ich Kopfschmerzen davon bekomme. Aber dann sind die Farben plötzlich nicht mehr so grell. Es fühlt sich an, als ob der ganze Himmel versucht, sich schützend um mich zu legen. Ich bleibe stehen, lehne mich gegen einen Briefkasten und atme in kurzen Zügen. Und es fühlt sich an, als versuche die Luft, mit mir zu atmen. *Beruhige dich, Carlton*, die Luft fühlt sich an, als wolle sie das sagen. *Warum bist du bloß so gestresst.* Aber es ist nicht die

Luft – es ist Miah. Ich höre seine Stimme, fühle, wie er grinst. Dann grinse ich ebenfalls. Und die Kopfschmerzen sind genauso schnell weg, wie sie gekommen sind. *Warum bist du so gestresst.*

»Ich vermiss dich, Mann«, flüstere ich.

Ein kleiner Junge, der gerade an mir vorbeiläuft, bleibt stehen.

»Meinst du mich?«

Er ist braun wie Miah. Wie aus dem Ei gepellt. Ordentlicher, als irgendein kleiner Junge sein sollte.

Ich schüttele den Kopf, darauf zuckt er mit den Schultern und läuft weiter.

Du bist nicht komplett weg, oder, Miah?

Und der Wind erhebt sich, sanft und hoch wie ein Song.

An der Ecke South Oxford und Fulton weicht ein Auto einem kleinen Hund aus. Ich höre, wie die Hundehalterin aufschreit, und beobachte sie, wie sie den Fahrer beschimpft. Dann schimpft er zurück und die Autos hinter ihm hupen und der Tag kommt mir auf einmal nicht mehr so schön vor wie noch vor einer Minute.

Ich laufe weiter. Als ich zur Ecke Vanderbilt und Fulton komme, bleibe ich stehen. Ich könnte mir eigentlich einen Kaffee für unterwegs holen. An einer roten Ampel lehnt sich so ein mickriger Typ auf der Beifahrerseite aus einem abgefuckten Honda und ruft: *Hey, Girl-Boy.*

Er zwinkert mir zu. Ich höre, wie die anderen im Auto lachen.

»So hast du mich letzte Nacht aber nicht genannt«, sage ich. Und zwinkere zurück. Die Jungs auf der Rückbank brüllen los, und der mickrige Typ wird jetzt echt sauer, er will schon aus dem Auto steigen, doch dann wird es grün und sein Kumpel startet durch.

Ich laufe weiter. Girl-Boy. Schwuchtel. Tunte. Die Liste ist lang. Ich habe das alles schon mal gehört. Ich erinnere mich, dass Miah und ich einmal die Straße langliefen und jemand, den er von irgendwo kannte, ihn zur Seite zog und flüsterte – laut genug, dass ich es hören konnte: »Was hängst du denn mit solchen Schwuchteln ab, Miah-Mann?«

Miah hatte seinen Basketball in der Hand – so wie immer. Er warf ihn zu mir rüber und grinste.

»Denk mal über dich selbst nach«, sagte Miah zu dem Typ. »Alles auf der Welt geht immer ein wenig tiefer als das, was du siehst.«

Der Typ ging weg, ohne noch was zu sagen. Ich weiß, der hatte keine Ahnung, was Miah damit gemeint hatte, aber vielleicht grübelte er ja beim Weiterlaufen noch ein wenig darüber nach. Keine Ahnung.

Haben Miah und ich je darüber geredet? Also, *darüber*. Darüber, wer ich wirklich bin – also, ganz tief unten in dem Ich, das halb weiß, halb Schwarz ist, außerdem ein Basketballspieler, ein Sänger und hübscher Kerl?

Nö. Haben wir nicht. Wir haben das einfach ausgespart. Wir haben über Basketball und unsere Familien und noch mehr über Basketball geredet. Und als Miah sich in Ellie verliebt hat, haben wir darüber geredet – darüber, was es heißt, ein Schwarzer Junge zu sein, der ein weißes Mädchen liebt. Und als wir auf das Thema kamen, war es wie – na ja, es war, als ob es nichts anderes gab auf der Welt, denn er und ich konnten stundenlang über die Reaktionen der Leute und seine eigenen Ängste reden und wie es sich anfühlte, mit Ellie zusammen zu sein. Er liebte dieses Mädchen. Ich saß dann mit ihm zusammen und redete, und wenn ich zu meinen Eltern nach Hause kam, saßen die auf der Couch und sahen fern – manchmal hatte mein Vater den Arm um die Schultern meiner Mutter gelegt. Und ich dachte, *Mann, ich kann mir das kaum vorstellen, aber diese beiden alten Menschen waren auch mal in deinem Alter und dann haben sie dieselben komischen Blicke und Kommentare kassiert, wie sie Miah und Ellie nun abbekamen.*

Also bei alldem, wo wäre da noch Platz dafür gewesen zu sagen: *Weißt du, Miah, ich glaube nicht, dass ich ein Typ bin, der auf Mädchen steht.*

Aber jetzt, wo Miah nicht mehr da ist, ertappe ich mich immer wieder dabei, wie ich alle möglichen Gespräche mit ihm führe. Dass ich ihm erzähle, wie das war, als ich zum ersten Mal so gefühlt habe, wie einsam ich in all diesen Jahren war, wie ich all das, was ich nicht sage und nicht tue, ins Game stecke, und dass das wahrscheinlich der Grund ist, warum ich in der Startaufstellung bin und einer der besten Basketballer in der Geschichte der Brooklyn Technical Highschool. Ein bescheuerter Name für eine Schule, die eine der besten in ganz New York sein soll. Aber das Basketball-Team ist ganz okay und ein paar coole Kids sind dort.

Ich vermisse Miah so sehr, dass es wehtut – richtig tief an manchen Tagen und an anderen Tagen ist da nur diese Leere. *Du wirst irgendwann wieder einen so engen Freund finden,* sagte meine Mom. Das war an einem jener seltenen Momente, bei denen wir am Tisch zusammensaßen – sie trank Kaffee, ich aß ein Reststück Pie. Aber obwohl ich am Küchentisch saß und nickte, während sie ununterbrochen redete und sich mächtig ins Zeug legte, damit ich weniger von dieser Traurigkeit fühlte, wusste ich, dass sie sich irrte – und sich immer darin irren würde.

Du wirst nicht immer der hübsch-einsame Junge sein, der du jetzt bist, Carlton.

Hübsch-einsam – so nennt meine Mutter mich. Sie weiß es, auch wenn wir nie darüber gesprochen haben. Sie beobachtet mich, wie ich andere Leute ansehe. Sie beobachtet, wie ich gehe und singe und rede. Sie kommt zu meinen Spielen und beobachtet, wie ich andere Basketballer betrachte. Sie weiß es. Sie sieht mich von der Seite an und lächelt leise, wenn mein Vater sagt: »Na, wann bringst du mal ein Mädchen mit nach Hause, damit wir sie uns ansehen?«

»Das ist Carltons Sache, oder?«, sagt meine Mutter. Weil sie es weiß. Und sie nicht möchte, dass mein Vater es weiß, bevor ich bereit bin, darüber zu sprechen. Bevor ich mir selbst hundertprozentig sicher bin. Darüber. Über das. Über alles.

Ich wünsch mir, ich könnte ein Mädchen so lieben, wie Miah Ellie geliebt hat, aber ich denke einfach nicht auf diese Weise an sie – Mädchen. Ich tu's einfach nicht. Ich versuche, mich dazu zu zwingen – versuche, mir meine Lippen auf denen eines Mädchens vorzustellen, meine Arme um ihre Hüfte, meine Hände, die etwas auf ihren Rücken zeichnen. Aber die Gedanken verlieren sich ins Leere. Ich spüre … nichts. Ich bin … nichts.

Jeremiah

In einem Klassenzimmer einer Grundschule, ganz in der Nähe von dort, wo ich aufgewachsen bin, erklärt eine Lehrerin Siebenjährigen, was das ist, Tod. In den Sommerferien ist der Klassenhamster gestorben. Ein Mädchen aus der Klasse hat ihre geliebte Großmutter verloren und jemand anderes seinen Onkel. Ein Kind erinnert sich an mich und erzählt der Klasse noch mal, wie dieser Typ, den er kennt, von den Cops erschossen wurde.

Und er hat doch gar nichts gemacht, erklärt der Junge. *Der war doch nur auf dem Nachhauseweg von seiner Freundin.*

Tod, sagt die Lehrerin. *Tod ist wie Schlafen.*

Da sitzen wohl so zwanzig Kinder im Klassenzimmer – in allen Hauttönen, denn das Viertel verändert sich schnell. Sogar in den paar Monaten, seit ich tot bin, hat es sich verändert. Es ziehen mehr weiße Leute her. Und alt gewordene Schwarze, die hier schon ewig gelebt haben, ziehen wieder in den Süden oder zurück in die Karibik. Aber die Wände im Klassenzimmer sind immer noch die gleichen – hellblau gestrichen. Ein Poster an der Wand – ein Kätzchen, das an einer Stange baumelt – und unter dem Kätzchen steht: HÄNG HIER AB. Da ist noch ein Poster an der Wand, mit dem Alphabet in Schreibschrift. Ich erinnere mich, wie ich als kleiner Junge hier reinkam, mich mit großen Augen umschaute und die Hand meiner Mutter nicht losließ. Der Raum riecht immer noch nach Kreide. In die Stühle sind Namen eingeritzt. Die Tische sind allerdings neu, Press-span- oder Furnierholzplatten oder so, die eine neue Note in den Geruch des Klassenzimmers einbringen.

Ein kleiner Junge hebt die Hand. Er könnte ich sein. Die gleiche dunkle Haut. Der gleiche Kurzhaarschnitt, an den Seiten ausrasiert und über der Stirn. Er trägt ein blendend weißes T-Shirt und eine blaue Hose, die neu aussieht. Sein Gesicht ist blitzsauber und glänzt wie Öl. Heute ist der erste Schultag. Zweite Klasse. Gut zwanzig Zweitklässler sitzen da, alle frisch gewaschen, warten voller Spannung auf das, was kommen mag.

Wenn Tod wie Schlafen ist, sagte der kleine Junge – er heißt William, William Carlos – ja genau, nach dem

Dichter. *Wenn Tod wie Schlafen ist, wie kommt es dann, dass Tote nicht einfach aufwachen?*

Ich sehe der Lehrerin in die Augen. Darin flackert es kurz – sie ist verwirrt, aber sie fängt sich schnell.

Tote schlafen tiefer, sagt sie.

Gut zwanzig Augenpaare sehen sie an. Gut zwanzig Kinder, die heute Nacht schlecht schlafen werden.

William Carlos starrt sie an. Die anderen starren sie an, mit leicht geöffneten Mündern.

Und wenn der Tod kommt, würde ich ihnen jetzt gern sagen, *dann hängst du erst mal dort ab*. Und lange weißt du nicht mal, dass du tot bist, und läufst an irgendeinem seltsamen Ort herum, taumelst vorwärts, löcherst jeden, den du triffst – *Wo bin ich? Wo bin ich?* Und dann siehst du deine Oma, die schon lange tot ist … und dann weißt du es.

Ich möchte loslassen – ich möchte ganz auf der anderen Seite des Lebens sein. Aber das Leben hat einen Fluss, der mitten durch es hindurchgeht, und wir alle – ob wir tot sind oder was anderes – sind zusammen auf ihm, miteinander verbunden. Ich möchte so gern nicht mehr hinsehen. Aber das kann ich nicht. Ich kann es einfach nicht. Also verlasse ich das Pult der armen Lehrerin. Lass sie da sitzen mit all den Augenpaaren, die auf sie gerichtet sind.

Als Kind hab ich dieses Gedicht von Robert Frost

auswendig gelernt, und in einer Zeile heißt es so was wie: Meilen, die man gehen muss, bevor man schläft … Jeder schien diese Zeile anders zu interpretieren. Wie das ganze Gedicht geht, weiß ich nicht mehr, aber diese Zeile verstehe ich. Wenn Tod wie Schlafen ist, dann habe ich noch einen langen Weg vor mir, bevor alles hinter mir liegt.

Und genau daran denke ich, während ich nach draußen in die Welt gehe. Ich drehe mich noch einmal um und werfe einen letzten Blick auf William Carlos – seine glatte braune Haut, seine großen dunklen Augen. Darin die Zukunft wie eine große leere Süßes-oder-Saures-Tasche am Halloweenabend, bevor man Süßigkeiten einsammeln geht.

Kennedy

Ich brauch eine Stunde und fünfzehn Minuten von Brownsville hierher. Zweimal mit der U-Bahn umsteigen und dann noch 'n Stück laufen. Hab aber noch nie gefehlt oder bin zu spät gekommen. Meine Mom sagt: *Jeder Tag, den du auf diese Schule gehst, ist ein Geschenk, Kennedy.* Sie war noch nie hier. Sagt, dass sie nich die richtigen Klamotten dafür hat. Ich hab Gott nich darum gebeten, mich schlau zu machen oder zu 'nem tollen Basketballer. Er hat's einfach gemacht. Und dann haben 'ne Menge Schulen gesagt: »Komm zu uns!« »Nein, komm zu uns!« Und dann war ich auf der Percy. Aber mein Herz bleibt in Brownsville – bei meiner Mom und meinen Jungs und den Hochhäusern der Albany Projects. Egal, wohin ich geh, ich werd immer hierher zurückkommen. Ich werd keiner von denen, die erst abhaun von wo sie herkommen und dann so tun, als wärn sie aus 'ner bessren Gegend. Ich weiß, wenn die Leute sehen, wo ich lebe, gehen denen lauter schlechte Dinge durch den Kopf. Sie sehen Familien mit 'nem Haufen Kinder und Jungs, die laut Musik hören und Tüten rauchen und so was eben. Sehen uns mit den geflochtenen Haaren und den Baggypants und denken dann, dass wir alle nur Scheiße bauen, und so was. Mein Dad wurde immer sauer, wenn die Leute so was erzählten wie, ich wär 'n »begnadetes Talent«. Er sagte dann »Falsch – seine Mama und ich sind die Einzigen, die begnadet sind – Gott schickte uns Kennedy.« Aus irgendeinem Grund meinte der, das wär total lustig. Und jetzt muss ich manchmal an ihn denken, wie er das sagt, und dann muss ich grinsen. So, wie mein Dad das sagte, also, für den war ich wie jeder andere Junge aus den Hochhäusern – nur dass ich halt stark spielen konnt und mir mal jemand vor Jahren gesagt hat, dass ich was auf'm Kasten hab, und das hab ich dann geglaubt und mich auch so verhalten – also – hab meine Hausaufgaben gemacht und so was. Hab gute Noten gekriegt. Hat die Lehrer ganz schön umgehaun – da hab ich all diese Braids auf'm Kopf und laber Müll mit meinen Homies und krieg trotzdem Supernoten bei meinen Rechtschreibtests. Mein Dad hat in 'ner Reinigung gearbeitet – hat Hemden gebügelt und so was. Er hat die Highschool nie zu Ende gemacht und wollte immer mal wieder dorthin zurück oder wenigstens den Abschluss irgendwie nachholen. Hat leider nie geklappt. Er hat immer gesagt: »Wenn jemand zu jedem einzelnen von diesen Kids in den Hochhäusern gehen würde und ihnen sagen würde *Du bist wirklich was Besonderes* oder so, ja, man weiß nie, wie viele Brüder und Schwestern raus aus den Blocks und rauf aufs College rennen und wahrscheinlich sogar ihren Abschluss schaffen würden.« Ich war damals noch 'n kleiner Junge und hab ihm nich geglaubt. Aber jetzt tu ich's. Ich weiß nich, ob ich was Besondres bin oder 'n begnadetes Talent oder was weiß ich. Ich weiß, *ich hab Glück gehabt*, so viel steht mal fest. Glück haben ist nix Besonderes, besonders wenn du jemand bist, der keins hat.

Am Dienstag Morgen hab ich auf den Stufen der Percy gehockt und die Gesichter gezählt – weiß, weiß, weiß, weiß, weiß, Asiatisch, Asiatisch, weiß, Schwarz – *Yo, was geht!* (High Five!) – weiß, weiß, weiß, Mixed Kid – grinste mich an, der ging klar – weiß, weiß ... So war das. Als ich keinen Bock mehr hatte, Gesichter zu zählen, hab ich meine Mathe-Hausaufgaben rausgeholt und bin die durchgegangen, hab versucht, diese Gedanken aus dem Kopf zu kriegen, die mir das Hirn zerfressen. Es war frisch draußen – beinah Ende September – so 'n Tag, an dem viele Leute unterwegs sind auf Inlinern und Rädern und Händchen haltend rumlaufen. Die Stufen gehen über die gesamte Vorderseite der Schule, und auch wenn der Direx immer Schreiben an uns absondert, dass wir nicht drauf abhängen sollen, weil die Schule dann »keinen guten Eindruck vermittelt«, hängt jeder drauf ab und keiner kriegt Stress deswegen.

Wir haben 'nen neuen Mathelehrer, und das klingt jetzt vielleicht verrückt, aber ich glaub, der ist cool. Er hat losgelegt und gleich die ganze Tafel mit dem Stoff vollgekritzelt, und ich dann so: *Yo, jetzt mal langsam und 'n paar Erklärungen dazu, sonst kapier ich bloß Bahnhof.* Die ganze Klasse hat gelacht, er hat auch gelacht, aber er hat dann langsamer geschrieben.

Ich hab also dagesessen und versucht, Mathe zu kapieren, als Ellie kam und sich neben mich gesetzt hat.

Ist das okay?, hat sie gemeint.

Is 'n freies Land, ich so zurück. Ich sprech nicht mit vielen Leuten an der Percy. Ich bleib meist für mich. Und ich spiel zwar Basketball, aber ich häng nich mal wirklich mit denen aus'm Team rum. Als Miah noch am Leben war, waren wir keine dicken Kumpel, hatten aber auch nix gegeneinander oder so. Er war anders als ich. Ich wusste, dass sein Vater dieser berühmte Filmemacher war. Und seine Mutter Schriftstellerin. Ich hab das mal so aufgeschnappt an der Schule, so was, was du irgendwo mal hörst, sicher war ich mir also nich, bis ich dann mal *Roselind* im Internet gecheckt hab. Und da gab es jede Menge Zeugs – sogar 'n paar alte Fotos von Miah bei der Oscarverleihung. Und da dachte ich: *Yo, Mann, das is nich so deine Welt, Bruder!* Und als er dann tot war, kochte das alles wieder hoch. Schätz mal, die Cops ham gedacht, es läuft bloß auf die Nummer raus: »Uups, wir ham 'nen Fehler gemacht«, aber die Leute gingen richtig ab! Beide Cops kamen in den Knast und das ist echt was Neues in New York – weiße Cops kommen in den Knast, weil sie 'nen Schwarzen Jungen abgeknallt haben – echt jetzt?! Von wegen. Meist läuft es doch so, dass sie bloß an den Schreibtisch strafversetzt werden, bis die Welle sich gelegt hat, und danach is wieder alles wie gehabt. An dem Tag, als die Cops verurteilt wurden, ich schwör, da is jedem in New York, der älter war als zehn, erst mal der Unterkiefer runtergeklappt. Und dann ham krass viele Leute gejubelt.

Ellie war Miahs Mädchen. Die waren richtig fest zusammen – er brachte sie zu ihrer Klasse. Und in den Gängen konntest du sehen, wie er ihr die Bücher getragen hat – manchmal hat sie auch seine Bücher getragen, weil sie an so was glaubt – aber auch dann hast du Miah angesehen: *Yeah! Die gehört zu mir*. Und das war nich von oben herab oder so. Die zwei warn verliebt und das konnte jeder sehen. Ich werd ihn wegen dem nicht verurteilen oder so. Also, ich mein, ich würde nie weiße Mädchen daten, aber das is bloß, weil – na ja, Schwarze

Mädchen ham's einfach drauf, und ich und meine Freundin, wir verstehn uns echt gut. Dieses ganze Schwarzweiße Liebesding – das kannst du ja in Filmen sehen oder in Büchern davon lesen –, das machen doch heute alle. Aber früher, Mann, da wurden Brüder gehängt oder brutal zusammengeschlagen, wenn die 'n weißes Mädchen bloß angeguckt haben, darum, bei allem Respekt für Miah, also, ich versuch, die Geschichte nich zu vergessen. Aber ich so *Was geht ab?* zu Ellie und sie so *Was läuft?* zu mir und dann haben wir da 'ne Weile rumgesessen und den Leuten zugesehen, die rein in die Schule gingen.

»Schön draußen«, sagte Ellie.

»Yeah«, sagte ich. »Schon okay.«

Ich schaute rüber auf Ellies Beine. Die meisten Mädchen trugen ihren Rock so richtig kurz, ihrer war nur so 'n bisschen kurz, und sie hatte hübsche Beine drunter, auch wenn die krass blass waren.

»Bist du jetzt in der Elften?«, fragte Ellie.

»Nö, bin bald weg. Is mein letztes Jahr.«

»Hast du dir schon Gedanken über College und so gemacht?« Ellie sah mich an. Ich hab noch nie so nah neben ihr gesessen. Am nächsten dran war ich bei Miahs Beerdigung – und da hab ich ein paar Reihen hinter ihr gesessen. Ich erinnere mich, dass sie nicht geweint hat. Sie saß kerzengerade da, und ich weiß noch, dass ich dachte: *Wenn jetzt jemand zu stark blinzelt, dann wird dieses Mädchen wie 'ne Glasflasche zerspringen*. Danach hab ich echt versucht, meine Augen offen zu lassen. Nich, weil ich gedacht hab, sie würd wirklich zerspringen – ich hab sie aufgesperrt, weil ich dachte, wenn *ich* zu stark blinzle, dann würd ich losheulen und nie mehr aufhören können.

Aber jetzt, wo ich so nah bei Ellie saß, konnt ich sehen, dass ihr Haar nicht nur dunkelbraun war. Da waren noch andere Brauntöne drin. Und als sie mich ansah, dann waren da noch andere Farben in ihren Augen.

»Werd wohl irgendwohin gehen, wo es gute Basketballteams gibt. Das ist der Plan. Ein College mit 'nem tollen Team und jeder Menge Kohle, die sie an mich loswerden wollen. Da gibt's 'n paar, wo ich's mir überlege, aber ich hab noch nirgendwo zugesagt.«

Ellie lächelte.

»Weißt du, du klingst wirklich wie Miah, wenn du so redest …«

»Weißt du, wie oft ich das gehört hab, seit Miah tot ist?« Ich schaute runter auf meinen Rucksack – war zu angepisst, um sie direkt anzusehen. »Zwanzig Mal? Dreißig? Hundert? Jedes Mal, wenn ich mich umdreh, sagt jemand – und normalerweise ist der nicht Schwarz –, dass irgendwas an mir ihn an Miah erinnert.«

»Warum bist du so?«, fragte Ellie, und ich konnte es

nicht glauben, dass ausgerechnet *sie* die Nerven hatte, sich aufzuregen.

»Wie denn? Wie ich?«

»So wütend … und gemein.« Sie fuchtelte mit ihren Händen herum, als sie das sagte – als wollte sie mit diesen dürren weißen Armen in die Luft malen, wer ich war.

»Schätze mal, weil Schwarze einfach wütende Menschen sind, was? Versuch doch mal, dich in meine Haut zu versetzen, El. Irgend 'n weißes Mädchen stirbt, also eins, das dir kein bisschen ähnlich sieht – und ihr zwei habt nur eins gemeinsam, ihr seid beide weiß. Und stell dir vor, dass du einer von, sagen wir mal, vier weißen Menschen in einer Schule voller Schwarzer Menschen bist.« Ich sah sie und ließ sie das verdauen, was ich gerade gesagt hatte. »Angenommen, dieses andere weiße Mädchen hat von einem Cop 'ne Kugel abbekommen, einfach weil sie mit der falschen Hautfarbe zur falschen Zeit am falschen Ort war. Und dann tauchen plötzlich alle Leute bei dir auf und versuchen, in dir dieses Mädchen zu sehen.«

Ellie starrte vor sich hin und nickte.

»Weißt du, was du dann wahrscheinlich denkst?«, machte ich schnell weiter, ehe sie irgendwas antworten konnte. »Du denkst wahrscheinlich: *Okay, wann verdammt bin ICH an der Reihe?*«

»Das denkst du?«

Ich zuckte mit den Schultern. »Ich denke viele Dinge, und yeah, das ist eins davon. Und noch was – nach so langer Zeit können weiße Menschen uns immer noch nicht unterscheiden.«

»Kennedy, ich hab versucht …«

»Schon gut, egal. Denk mal drüber nach.« Ein weißer Junge kam vorbei und starrte uns an. Als er drinnen war, sagte ich: »Erinnert *der* dich an Miah?«

Ellie sah mich an. »Der spielt nicht Basketball und Schwarz ist er auch nicht – also nein. Und stimmt, ich versuche, etwas von Miah in dir zu sehen.« Sie breitete die Arme aus. »Ich versuche, etwas von Miah in jedem Menschen zu sehen, den ich treffe – nicht nur in dir. Wenn mich das also zu so was wie 'ner blöden Rassistin macht, dann bin ich das nun mal, wenn ich nur irgendwo ein bisschen von ihm entdecken kann …«

Ich sagte nix darauf, packte nur meine Sachen zusammen. Ellie starrte weiter vor sich hin. Einfach so.

»Yo, El. Ich weiß, er war dein Freund, und ich weiß, ihr zwei wart richtig krass verliebt und so. Ich weiß, dass das echt wehgetan haben muss …«

»Tut es immer noch«, sagte sie ganz ruhig.

Ich stand da mit dem Rucksack auf den Schultern. Auf den Stufen war kaum noch jemand außer uns und eigentlich wollte ich nicht zu spät zu Mathe kommen, aber irgendwas hielt mich noch da draußen fest.

»Hör mal, El. Tut mir leid, dass ich dich angemacht habe. Und ich weiß, ich hab das nie gesagt, aber es tut mir echt leid, dass du deinen Freund verloren hast. Miah war cool. So wie ich das seh, also, wenn du etwa hundert Jahre brauchst, um darüber wegzukommen, dann nimm dir diese hundert Jahre – is doch nur Zeit, stimmt's? Wir alle bringen unsere Zeit hier irgendwie auf dem Planeten rum. Du hast jedes Recht der Welt, es so zu machen, wie es gut für dich ist.«

Ellie sah mich eine Weile an. Dann nickte sie.

»Danke, Kennedy.«

Ich zuckte mit den Schultern. »Musst dich nich bei mir bedanken. Hab dir nur gesagt, was Sache is.«

Dann drehte ich mich um und ging die Stufen hoch. Ich konnte Ellies Augen auf mir spüren. Und noch ein Paar Augen – ich wusste, wem die gehörten, und ich wusste, dass er nickte und sagte: *Yo, Kennedy. Danke, Mann.*

Ellie

In der Schule hingen überall Plakate – Cheerleading, Debattierklub, Leichtathletik, Fußball, Schachklub, Lesegruppe. Ich lief ganz langsam durch die Gänge und blieb vor jedem einzelnen Plakat stehen, um es zu lesen. *Mach bei uns mit*, schienen die Plakate zu rufen. *Warum, um Himmels willen, sollte jemand allein sein wollen?*

Das stimmte, überall waren da Kids – die miteinander redeten, sich gegenseitig riefen, gemeinsam aßen und sich ihre Noten erzählten und Geschichten darüber, was sie am Wochenende gemacht hatten. Wenn es läutete, wurde es auf den Fluren laut und hektisch. Die Geräusche wirbelten an mir vorbei und über mich hinweg, wo ich ging, als wäre da irgendetwas *Unsichtbares* um mich herum, das mich von allen und allem fernhielt. Wie sollte das auch jemand jemals begreifen?

Im Unterricht schauten mich die Lehrer mit sanften traurigen Augen an. In der Cafeteria drehte ich mich manchmal schnell um und dann sah ich, wie die anderen untereinander tuschelten und in meine Richtung schauten.

Ich beantwortete Fragen, wenn ich drankam. Wenn mir jemand zuwinkte, winkte ich zurück. Ich hielt die Bücher dicht an meine Brust gepresst und lief allein über die Gänge. Alle Geräusche, die die Percy ausmachten, hörten sich auf einmal gedämpft, weit entfernt und fremd an. Wer waren diese Leute?

Miah starb im Winter. Der Frühling brachte jede Menge Regen mit. Dann Krokusse, die in Beeten auf Spielplätzen wuchsen, Narzissen in silberfarbenen Töpfen auf dem Fensterbrett, Tulpen zu Ostern. Dann war Sommer. Und wieder Herbst.

Ich erinnere mich an einen Tag mit sehr viel Schnee und daran, dass ich nicht aus dem Bett kam. Ich erinnere mich an den Morgen, an dem ich mit der Faust auf den Spiegel eingeschlagen habe – an das Glas, das Blut, den Wunsch zu sterben. Doch die Schnitte waren nicht tief und der Spiegel wurde ersetzt. Ich erinnere mich an Schreie. Viele, viele Schreie. Und an eine Wut, die so tief ging, dass ich an manchen Tagen gar nicht aufhören konnte zu zittern.

Irgendwo dazwischen gab es ein Begräbnis. Es gab

Demos und Nachrichtensendungen und Politiker, die versprachen, sie würden junge Schwarze Männer schützen. Es gab einen Prozess und zwei Polizisten kamen ins Gefängnis. Die Percy hängte eine Gedenktafel auf und das Basketballteam lief mit schwarzen Armbinden auf.

Und dann ließ die Wut nach und machte einer neuen Leere Platz. In mir war ein Hohlraum, gefüllt mit warmer, trockener Luft.

Dann lange Zeit überhaupt nichts.

Und während alldem folgten die Jahreszeiten aufeinander. Tag wurde zu Nacht. Meine Mutter machte den Haushalt, Hunde bellten und Autohupen hupten. Überall in der Stadt gab es Leute, die keine Ahnung von dem Schmerz hatten.

In der Schule schrieb ich meine Tests. Machte meine Hausaufgaben. Jedes Vierteljahr schien es in meinen Zeugnissen eine Eins nach der anderen zu regnen. Es war, als wäre ich eine Erwachsene, die mit all diesem Wissen zurück an die Schule ging. Ich hatte keine Freundinnen, keine Freunde. Alles und alle schienen Teil einer längst vergangenen Zeit zu sein – einer Zeit, als ich jung und frei und lebendig war.

Desire Viola Rosalind

Den lieben langen Tag schlagen die Zikaden mit den Flügeln. Die Sonne kommt hinter den Wolken hervor und scheint auf deine Haut. Ich sitze da, fächle mir Luft zu, hab immer ein großes Glas Limonade neben mir. Du willst Sommer – da hast du Sommer. Du möchtest sehen, wie sich die Blätter verfärben, dann geh an einen anderen Ort und hol dir dort ein wenig Herbst. Vielleicht willst du dich ja auch hinlegen und einen Schneeengel machen – dann geh ein paar Schritte und du hast deinen eigenen Winter nur für dich. Mein Enkel meidet den Schnee. Sagt, der erinnert ihn an die Nacht, in der er gefallen ist. Er würde nie sagen, *gestorben*.

Ich sitze in meinem großen Schaukelstuhl und beobachte ihn, wie er an manchen Tagen die Welt beobachtet. Sein Körper sackt in sich zusammen, und er versinkt ganz und gar in eine Traurigkeit, wie sein Daddy das immer getan hat. Ich sehe zu ihm und sehe Norman und Nelia und meinen eigenen Daddy – alle kommen sie durch ihn zu mir.

Jeremiah, du musst nicht die ganze Zeit die Welt beobachten, sage ich. Ich sitze da, in meinem Frühling, wo die Zikaden singen. Jeremiah sitzt im Sommer, in dem sich die Hitze herabsenkt, die Sonne blendet und der Himmel dort, wo er ist, fast weiß ist.

Jeremiah hat einen Basketball. Er kann ihn in einer Hand halten. Er kann ihn von dahinten werfen und der geht direkt in den Korb. Er kann den Ball auf so viele verschiedene Arten spielen, dass du glaubst, das kann doch nicht mit rechten Dingen zugehen. Wenn er jetzt mal Basketball spielen will, dann muss er nur aufstehen und da rübergehen und schon tauchen ein paar Jungs auf, die richtig gut spielen, und die haben dann ein prima Match miteinander. Er wirft mächtig viele Körbe. Und er kann ein paar tolle Tricks, um einem der Jungs den Ball abzunehmen.

Dann kannst du meinen Jeremiah grinsen sehen.

Aber die meiste Zeit sitzt er nur da und beobachtet die Welt. Und dann versuch ich, mit ihm zu reden.

Du hast die Welt hinter dir gelassen, sage ich. *Lass sie los.*

Aber Jeremiah schaut auf die Welt und schüttelt den Kopf.

Das kann ich nich, Oma. Hab zu viele Leute, die mich vermissen. An mich denken. Und ich denk an sie.

Ich schaue hinaus auf meine Blumen. Die Rosen sind rot und pink und gestreift. Ich hab Rosen mit mehrfarbigen Blättern an den Blüten. Und purpurrote Rosen, die sind so dunkel, ich könnt heulen, wenn ich die seh. Gelborangene, die wie kleine Flammen aus dem grünen Busch schießen. Tulpen hab ich auch. Und Mais, der reicht Jeremiah schon bis zum Kopf, und der Frühling ist noch jung. Ich hab auch 'n bisschen Rhabarber. Vielleicht back ich eine Pie, einfach nur um zu spüren, wie sich der Teig unter meinen Händen formt. Wenn mein Garten Regen braucht, kommt Regen. Oh, wenn doch nur das ganze Leben so gewesen wäre!

Wenn Jeremiah wollte, könnte er beim Spiel seines Lieblingsteams in der ersten Reihe sitzen. Er könnte schwimmen gehen oder Eis essen. Er könnte erleben, wie das ist, zu fliegen. Wenn er ein anderer Junge wär, könnte er mitten im Feuer stehen, weil er sich das immer schon gewünscht hat, oder runter ins Meer gehen und einen Hai an der Flosse anfassen. Einer Qualle aus ihren Tentakeln Zöpfchen flechten.

Aber so ein Junge ist er nicht. Er ist bloß ein Junge, der die Welt, die er gerade hinter sich gelassen hat, einfach nicht hinter sich lassen kann.

Ich lehne mich etwas vor in meinem Stuhl. Berühre

seinen Kopf. Warum er sich die Haare so in Twists verzwirbelt, versteh ich nicht, aber ich find sein Haar trotzdem noch schön. Alles an ihm ist mein hübscher Jeremiah. Ich lass meine Hand über seinen Kopf gleiten und schau hinaus, um zu sehen, worauf er schaut. Da sind seine Mama und sein Daddy – Norman sieht aus, als hätt er 'n bisschen zugelegt. Ich seh Jeremiahs Mädchen, Elisha, und ihre Leute. Ich seh ein paar Tiere, kleine Kinder, ein Basketballspiel in Jeremiahs Schule. Er beobachtet so viele Leute, so viele Sachen.

Eines Tages, sage ich, *werden die alle hier bei dir auf dieser Seite sein. Scheint vielleicht, als würde es ewig dauern –*

Ich wünschte ...

Nein, tust du nicht.

Jeremiah sitzt mit überkreuzten Beinen zu meinen Füßen. Der Ball liegt in seinem Schoß. Jetzt senkt er den Kopf, bis seine Stirn ihn berührt.

Doch, Oma, tu ich.

Du hast diese Welt verlassen und sie hat sich hinter dir geschlossen, Jeremiah. So wie Wasser, wenn ein Mensch raussteigt. Erst kräuselt es sich noch ein wenig und dann wird es wieder ganz ruhig.

Jeremiah hebt den Kopf und lächelt ein wenig.

Aber das Wasser kräuselt sich immer noch.

Und ich schaue hinaus, dorthin, wohin er schaut, und sehe, dass er die Wahrheit sagt.

Ellie

Nelia saß auf den Stufen, als ich sie am frühen Samstagnachmittag besuchte. Sie hatte ein oranges T-Shirt und einen wunderschönen Batikrock an, er war mehrmals um ihre Hüfte gewickelt und reichte ihr runter bis zu den Knöcheln. Ich lief langsam den Block entlang und beobachtete sie, wie sie etwas in ein schwarzes Notizbuch schrieb, das viel von ihrem Schoß bedeckte. Der Block war ruhig. Am anderen Ende spielten ein paar Mädchen Klatschspiele. Ich versuchte, ihrem Lied zu folgen, aber sie sangen so schnell, dass die Worte ineinander übergingen. Nelia war in den letzten Monaten dünn geworden. Ihr Gesicht wirkte schmaler, die Wangenknochen stachen auf eine Weise hervor, die schön und doch auch alarmierend war. Ich griff nach dem Gurt meiner Schultertasche, da ich etwas – einfach irgendwas – brauchte, an dem ich mich festhalten konnte. Für mich würde sie immer Miahs Mom bleiben.

»Hey, Nelia«, sagte ich, als ich noch ein paar Schritte entfernt war.

Nelia sah überrascht auf. Dann verzog sich ihr Mund langsam zu einem Lächeln. Miahs Lächeln. Ich stand einen Moment wie erstarrt, konnte keinen Schritt weitergehen.

Dann sagte Nelia: »Ich habe gehofft, dass du vorbeikommen würdest.« Und ich fühlte, wie ich dahinschmolz und zu ihr rannte, als wäre sie eine Rettungsinsel oder so. Wir umarmten uns und sie hielt mich ganz fest. Ich konnte ihre Rippen durch ihr T-Shirt und durch ihre Haut spüren, konnte spüren, wie sie immer noch lächelte.

»Setz dich.« Sie zeigte auf die Treppe und ich setzte mich eine Stufe unterhalb von ihr hin. Aus irgendeinem Grund war die Vorstellung, mit ihr zusammen auf derselben Stufe zu sitzen, zu viel. Ich musste zu ihr aufschauen können.

»Woran arbeitest du? Ich meine – ist es okay, wenn ich dich das frage?«

Nelia sah mich verwirrt an, dann nickte sie. »Natürlich.« Sie klappte das Notizbuch zu. »Ich würde deine Frage gern beantworten, aber – ich weiß es eigentlich nicht. Das sind nur Gedanken. Jede Menge Gedanken.«

»Oh.«

Sie strich mir über die Haare. Ihre Hand fühlte sich so ungewohnt und gleichzeitig so vertraut an.

»Genau so kommen die Bücher zu mir. Gedanken sind etwas Gutes. Ein Anfang.«

Bevor ich Miah kennenlernte, bevor ich Nelia kennenlernte, musste ich einen Roman von ihr im Englischunterricht lesen. Er handelte von einer Schwarzen Frau, die eine Bürgerrechtsanwältin war. Sie ging zurück in den Süden, um Verwandte zu besuchen, und endete dann in der Sklaverei. Der Lehrer nannte das ständig magischen Realismus, aber für mich war es überhaupt nicht magisch – es war eines der unheimlichsten, eindrücklichsten Bücher, die ich je gelesen habe. Das hat mich noch Jahre später verfolgt. Als die Klasse darüber diskutierte, bekam ich kein Wort raus, und ich erinnere mich, dass der Lehrer mich fragte, ob ich es überhaupt gelesen hätte. Das ist seltsam. Ich hab es in dem Jahr gelesen, bevor ich Miah kennenlernte. Dann war er auf einmal in meinem Leben. Und später Nelia Roselind, die Autorin von *And Back Again*. Wer hätte geahnt, dass sie bald in mein Leben treten sollten? Wer hätte mir das sagen können? Was hätte ich wohl geglaubt? Wenn mir jemand gesagt hätte: *Du wirst den Sohn dieser Schriftstellerin treffen – einen Schwarzen Jungen, Ellie – du wirst dich in ihn verlieben und dann wird er sterben*, dann wäre ich wohl zurückgewichen. Ich hätte diese Person nur angestarrt und gesagt, dass sie spinnt.

Ich lehnte mich mit dem Rücken gegen die Stufe und starrte hinauf in den Himmel. Nelia und ich schwiegen eine Weile. Es war wunderschön draußen – die Blätter begannen gerade erst, sich zu verfärben, und es ging nur ein ganz sachter Windhauch, ein seltsamer Wind, es war, als würde jemand sanft über meine Schultern streicheln.

Nelia legte das Notizbuch neben sich auf die Stufe. Sie hatte schon lange nichts mehr geschrieben – ich wusste das. Und ich wusste auch warum.

»Es ist schon lange her«, sagte Nelia. Sie lächelte mich an, und ich wusste, sie tat es, weil auf meinem Gesicht alles zu lesen war. Überraschung. Verlegenheit. »Das hast du doch gerade gedacht, oder?«

Ich nickte.

»Seit Norman und ich …«

»… seit ihr euch getrennt habt.« Ich sah auf meine Finger. »Er hat dich verlassen – für Lois Ann King.« Die Worte sprudelten einfach aus mir heraus. Es fühlte sich so an, als hätte ich sie schon tausendmal gesagt. Aber das hatte ich gar nicht. Nur gehört hatte ich sie – wieder und wieder von Miah. *Das hat meiner Mama das Herz gebrochen*, sagte Miah ständig. *Seitdem hat sie nichts mehr geschrieben.*

Nelia runzelte die Stirn. »Dein Leben entfernt sich

von dir«, sagte sie. »Je älter du wirst, desto weniger gehört es dir.«

Ich begriff nicht, wovon sie redete, aber sie redete weiter, und es schien genau in diesem Moment keine Rolle zu spielen, ob ich da war oder nicht.

»Sogar du kennst die ganze Geschichte – ob ich das so gewollt habe oder nicht …«

»Es tut mir leid …«

»Nicht doch. Es ist ja kein Geheimnis mehr. Wir hätten uns näher kennengelernt und irgendwann hättest du es erfahren. Aber die Tatsache, dass du die ganze Geschichte schon kanntest, bevor du mich kennengelernt hattest – also, das. Das meine ich damit, dass dein Leben nicht mehr dir gehört. Ist schon lustig. Es ist wie ein Buch schreiben – sobald es erschienen ist, reden die Leute darüber und stellen damit an, was sie wollen. Du hast keine Kontrolle darüber.«

Sie sah mich an, immer noch mit gerunzelter Stirn. »Aber wer hat schon die Kontrolle über *irgendetwas*, stimmt's?«

Wir schwiegen wieder eine Weile. Die Sonne verschwand hinter einigen Wolken und alles wurde kurz etwas dunkler. Dann kam die Sonne wieder raus.

Nelia sagte: »Es fällt schwer zu schreiben, wenn es so viel Tragisches in deinem eigenen Leben gibt. Dann steht dein eigenes Leben im Weg.« Sie atmete laut aus und schaute dann den Block hinunter. Die Mädchen klatschten sich immer noch ab und sie sah ihnen dabei zu. »Das ist ein alter Abzählreim – *Runter, runter, Baby, die Achterbahn hinab, süßes, süßes Baby, ich lass dich nie mehr los. Jimmy Jimmy coco-pop. Jimmy Jimmy Pop!*«

Ich lachte. »Ach, das singen sie?«

Nelia verdrehte die Augen. »Immer und immer wieder. Jemand müsste denen mal was Neues beibringen. Wenn sie so weitermachen, dann wird das der Titel dieses Buches. *Runter, runter Baby, die Achterbahn hinab, süßes, süßes Baby, ich lass dich nie mehr los.* Von Nelia Roselind.«

Wir lachten.

»Und du gewinnst wahrscheinlich einen Pulitzerpreis damit.«

»Oh nein, bloß nicht. Wer will schon so viel Aufmerksamkeit?«

»Wir haben eins deiner Bücher letztes Jahr im Englischunterricht gelesen. Und als ich neu auf die Percy kam, haben wir *And Back Again* gelesen.«

Nelia zog eine Augenbraue hoch. »Ach wirklich? Kommt mir etwas zu früh vor für dieses Buch.«

Ich zuckte mit den Schultern. »Es war für einen Kurs mit Frauenliteratur. Den haben sonst eher ältere Schülerinnen und Schüler belegt. Ich fand das Buch wunderschön – und richtig unheimlich.«

Nelia lächelte. »So was hätte ich mir nie ausdenken können.« Sie sah den Block runter und fröstelte ein wenig, dann rieb sie sich mit den Händen über die Arme. »Wenn ich schreibe, also mittendrin bin im Schreiben – dann ist das so, als wäre ich gar nicht hier. Sarahbeth … du weißt schon, die Hauptfigur …«

Ich nickte.

»Sie war so … so *fremd* für mich. Und jedes Mal, wenn etwas Unerwartetes geschah, musste ich meinen Stift zur Seite legen … und das abschütteln. Ich könnte mir nicht *vorstellen*, das Buch zu lesen. Es zu schreiben, war genug für mich.«

»Aber … ich meine, wo kommt der ganze Stoff … also, der Stoff, über den du schreibst, denn dann her?«

Nelia zuckte mit den Schultern. »Ich weiß es nicht genau. Ich schreibe es bloß hin und stelle keine Fragen.«

Wir sahen einander stumm an. Die Mädchen hatten endlich aufgehört mit ihrem Gesinge und jetzt hörte man aus einem der Häuser gegenüber ein Klavier. Dann kam noch eine Jungenstimme dazu. Ich erkannte, was er sang – einen alten Song von Fleetwood Mac. Meine Schwestern, die beide deutlich älter sind als ich, haben ihn früher rauf und runter gehört. Es war ein schöner Song darüber, wie Dinge sich ändern.

»Er hat so eine großartige Stimme«, sagte Nelia.

Wir hörten noch etwas zu. Der Song erinnerte mich

an so vieles – an Anne, die mit ihrer Lebensgefährtin in San Francisco wohnt. An die Schule und die anderen dort, die nicht verstehen konnten, warum der Verlust immer noch so wehtut.

Erst letzte Woche habe ich zufällig mit angehört, wie sich einige Mädchen auf dem Gang in der Schule unterhalten haben – vielleicht wollten sie auch, dass ich es hörte, keine Ahnung. *Sie macht so einen auf Witwe*, sagte eine von ihnen. *Also ehrlich, der war ja nicht mal ein Jahr ihr Freund. Komm endlich mal drüber weg.* Ich lief einfach weiter und ignorierte sie. Komm wieder auf die Beine. Mach weiter. Versteck deine Tränen. Komm drüber weg. So scheint die Welt zu funktionieren. Man lässt uns eine Stunde Zeit zum Trauern, gibt uns ein paar Tage frei von der Schule oder der Arbeit, danach erwartet man von uns, dass wir wieder zurück sind, so gut funktionieren wie vorher.

Ich schaute rüber in die Richtung, aus der die Musik kam, und schloss meine Augen, blinzelte die dummen Tränen weg, die dort nach oben drängten. Deswegen war ich hier – saß auf Nelias Stufen, nahe genug, um sie zu berühren. Ich brauchte jemanden, der verstand, dass der Schmerz nicht einfach aufhört, dass die Abwesenheit so viel größer war, so viel schmerzlicher, so viel *gegenwärtiger*, als die Gegenwart es war.

»Weißt du, wer da singt?«, fragte ich.

»Das ist Carlton. Miahs bester Freund. Du musst ihn mal getroffen haben.«

Ich lächelte in der Erinnerung an ihn. »Ich hab ihn ein paar Mal getroffen. Er war nett. Und lustig.«

Wir saßen da und hörten zu. Seine Stimme war wundervoll – weich und beruhigend. Es lag so viel Traurigkeit darin. Der Carlton, den ich getroffen hatte, trug nicht so viel Traurigkeit in sich. Aber keiner von uns hatte das getan – nicht damals. Nicht vor …

»Du solltest ihn mal besuchen«, sagte Nelia. »Du hast recht – er ist nett.« Und nach einer Weile ergänzte sie, eher zu sich selbst: »Nett und traurig.«

Sie holte ihr Notizbuch wieder hoch und klappte es auf. »Nummer 434. Einfach die Klingel am Ende der Stufen drücken.«

Ich stand auf und sie zeigte auf die andere Straßenseite. »Dieses Sandsteinhaus dort drüben. Folge der Musik.« Sie lächelte, dann umarmte sie mich noch mal, nahm ihren Stift auf und vertiefte sich wieder in die Seiten ihres Notizbuchs.

Jeremiah

Wenn ich mich neben meine Mutter setze, erschauert sie. Wenn ich Ellies Schultern berühre, lächelt sie, als wüsste sie, ich bin's. Vielleicht weiß sie es ja. Wer hätte mir denn sagen können, dass der Windhauch die Seele irgendeines Verstorbenen ist, die kurz innehält, um einem übers Gesicht, die Hände, die Haare zu streichen. Wer wüsste schon, dass eine plötzliche Brise jemand ist, der vor einem gestorben ist und einem damit sagt: »Du wirst geliebt.«

Du wirst geliebt, Mama.

Ellie … du wirst geliebt.

An manchen Tagen wünsche ich mir nichts so sehr, wie Ellie noch einmal küssen zu können. Aber heute – genau in diesem Moment – ist es perfekt, die beiden dort auf den Stufen sitzen zu sehen.

Ich weiß inzwischen: In deinem Leben wird es perfekte Momente geben. Und in deinem Danach-Leben auch.

Meine Großmutter sieht mich an und schüttelt nur den Kopf. *Lass die Lebenden zufrieden*, sagt sie. Aber sie versteht das nicht. Loslassen ist nicht so einfach. Selbst wenn du der Welt, die du verlassen hast, den Rücken kehrst, zieht es dich immer noch zu ihr hin, drehst du dich immer wieder nach ihr um, schaust du immer noch mal zurück. Um dich zu versichern, dass es allen gut geht.

Carlton

Am Samstag ging ich morgens rüber in den Fort Green Park auf eine spontane Runde Basketball. Ich kannte ein paar von den Jungs, die dort spielten, aber es waren auch welche aus Bed-Stuy und Brownsville dabei. Ein Bruder hatte ein Percy-Shirt an. Er war ziemlich gut, daher sprach ich ihn an.

»Was weißt du über die Percy?«, fragte ich.

Er musterte mich von oben bis unten. Nicht unbedingt aggressiv, mehr so auf die *WTF-will-dieser-hellhäutige-Bro'*-Art. Ich habe so einen Blick schon öfter von Jungs kassiert, die halt dunkler sind als ich. So ein »Honk-bis-er-sich-als-Nichthonk-erwiesen-hat«-Blick. Ich hielt dem Blick stand.

»Und du, was weißt 'n du über die?«, fragte er zurück.

»Ich weiß, dass die in ihrem letzten Spiel letztes

Jahr Dalton hätten zerlegen müssen, es aber nicht hinbekommen haben.«

»Stimmt.« Da ließ er sich zu einem leichten Grinsen hinreißen und hielt seine Hand hoch. Ich klatschte ihn ab.

»Kennedy«, sagte er. »Ich spiel dort im Team.«

»Carlton. Ich geh hier auf die Tech.«

Die anderen standen um den Korb rum, warfen sich den Ball zu und zielten abwechselnd aufs Brett. Kennedy und ich standen in der Mitte des Spielfelds. Er war groß, etwa so groß wie ich. Mir war aufgefallen, dass er immer, wenn er nicht lächelte, die Stirn runzelte.

Einer passte ihm den Ball zu und er warf zum Korb – ohne groß in die Richtung zu sehen, in die er zielte. Der Ball ging trotzdem rein – noch dazu sauber und leicht.

»Ich nehm Kennedy«, sagte ich. Wir wählten die Seiten, und nachdem ich gesehen hatte, wie hoch er springen konnte, wusste ich, dass ich ihn in meinem Team wollte.

»Hab dich spielen sehn«, sagte Kennedy. »Du hast's drauf.« Er lächelte wieder. Ich sah mir die anderen Jungs an und wählte noch einen aus. So ging es kurz hin und her.

»Kennst du Miah?«, fragte ich Kennedy.

Er hatte sich hingekniet, um die Lasche in seinen

Sneakern hochzuziehen, aber dann stoppte er mitten in der Bewegung und sah mich an. »Wer kannte den nich? Nachdem man den erschossen hat, hat jeder in New York ihn für sich entdeckt.«

»Yeah«, sagte ich.

Kennedy starrte mich weiter an. »Er hat hier irgendwo gewohnt, oder?«

»In meinem Block.« Ich sah ihn nicht an, sondern wählte weiter Jungs aus, bis jedes Team fünf Spieler hatte. »Wir kannten uns schon ewig.« Kurz darauf fügte ich hinzu: »Sind zusammen aufgewachsen. Ich kannte ihn, seit wir beide fünf oder sechs waren. Er war mein Homie.«

»Dann hast du Miah echt gekannt – nich nur so aus der Zeitung wie die meisten anderen.«

»Yeah, wir waren ziemlich eng.«

»Die Cops ham Scheiße gebaut. Is ja nix Neues«, meinte Kennedy. »Ich kannte ihn nich so gut wie du, er war aber immer cool mit mir.«

»Miah ist noch nicht ganz weg. Er ist immer noch hier.«

Kennedy schaute mich an. Und ich schaute zurück.

»Spürst du ihn etwa nicht?«, fragte ich.

Er starrte mich noch eine Weile an, dann zuckte er mit den Schultern. »Na ja«, sagte. »Kann sein.«

»Check it«, rief jemand und wir begannen, uns den

Ball zuzuspielen. Ich warf zum Korb – daneben. Kennedy holte sich den Ball und passte ihn zurück zu mir. Wir wärmten uns nur auf, hatten noch nicht mit einem richtigen Game begonnen.

Ich dribbelte den Ball zwischen meinen Beinen durch und hinter meinem Rücken, warf auf den Korb und sah ihm zu, wie er reinging.

»Schluss jetzt mit dem Rumgedribbel – los, fangen wir endlich an«, sagte einer der Jungs.

Ich nickte. »Rein oder vorbei, yo.«

Kennedy streckte die Hände in die Höhe. Ich warf ihm den Ball zu, und er ging zum Korb, hat ihn super versenkt. Das Spiel hatte begonnen.

Als ich nach Hause kam, war es später Nachmittag und ich war total verschwitzt und hungrig. Niemand war da. Meine Mom hatte geputzt, und die Holzböden rochen nach der Schmierseife, mit der sie die normalerweise reinigt. Ich machte mir was zu essen und verdrückte es gleich im Stehen an der Küchentheke. Ich roch nicht gerade gut und merkte selbst, wie ich gerade die frisch geputzte Küche meiner Mutter verpestete, daher aß ich schnell auf und ging dann nach oben zum Duschen. Während das Wasser meinen Mief wegwusch, ging mir Kennedy nicht aus dem Kopf – nicht nur, weil er so fantastisch spielen konnte, sondern auch, wie er mich angesehen hatte, als ich sagte, dass Miah immer noch bei uns ist. Irgendwas in seinem Blick verriet mir, dass er das Gleiche spürte. Sein Blick blitzte immer wieder in meinem Kopf auf, dann verschwand er und machte etwas anderem Platz, nämlich wie wunderschön all die Jungs ausgesehen hatten, als sie auf dem Platz rauf und runter gelaufen sind. Ich drehte das Wasser voll auf kalt, weil ich das alles in mir ausblenden wollte. Ich wollte an gar nichts denken – nicht an Miah, nicht an Kennedy, nicht an die wunderschönen Körper von Basketballern …

Nachdem ich mich angezogen hatte, ging ich wieder runter und setzte mich ans Klavier. Die Fenster standen sperrangelweit offen – immer, wenn Mom putzte, riss sie die Fenster auf – als ob sie hoffte, dass dann der ganze Block mitbekam, wie blitzblank unser Haus nun war. Ich lächelte kopfschüttelnd, aber ich machte sie nicht zu. Ich erinnerte mich jetzt wieder an diesen Song »Landslide« – an jedes einzelne Wort und jede Note – und ich schlug ein paar Tasten an, bereit, es dann zu spielen. Ich sang den Song erst mal leise und ließ die Worte ihren Weg zu mir finden. Ich spürte, wie ich allmählich immer lauter sang, weil ich unbedingt vergessen, über diesen Teil des Tages hinwegsingen wollte, wegen dem ich mich schämte – diese Gedanken an die wunderschönen Körper. Ich wollte mich nur an die guten Dinge erinnern – meine Körbe, Kennedys Blick, die zehn Punkte Vorsprung, mit denen unser Team gewonnen hat. Ich hatte den Song schon so zwei oder drei Mal gesungen, als es an der Tür klingelte.

Ich wartete eine Minute und hoffte, wer auch immer geklingelt hatte, würde wieder gehen. Aber das tat er nicht. Es klingelte wieder, und ich beschloss darauf, ich könnte genauso gut zur Tür gehen.

Zuerst wusste ich nicht, wer sie war. Sie hatte sich in den letzten Monaten verändert. Ihre Haare waren jetzt länger und ihre Kleidung – sah irgendwie anders aus. Dann fiel mir ein, dass ich sie nur einmal ohne ihre Schuluniform gesehen hatte, nämlich bei Miahs Beerdigung. An dem Tag trug sie Schwarz wie alle. Aber jetzt hatte sie Jeans an – so welche, die tief auf der Hüfte saßen, was an ihr richtig gut aussah. Sie wirkte blasser, als ich sie in Erinnerung hatte. Aus irgendeinem Grund hatte ich sie im selben Hautton abgespeichert wie meine Mom, aber das stimmte nicht. Ihre Haut war weißer. So eine Haut, die in der Sonne sofort verbrannte. Dann lächelte sie. Und ich erinnerte mich an dieses Lächeln, erinnerte mich, wie Miah immer grinste, wenn er darüber sprach.

»Hey, Ellie«, sagte ich.

Sie schaute mich überrascht an. Dann lächelte sie noch breiter. »Du erinnerst dich an mich?«

Ich trat von der Tür zurück und ließ sie herein. »Wie

könnte ich meines besten Freundes Liebe des Lebens vergessen?«

Ellie sah mich an. »So hat er mich genannt?«

»Er hat dich vieles genannt.«

»Ich hab dich singen gehört.«

»Yeah. Ich singe.«

Wir standen eine Weile im Eingang, ohne etwas zu sagen, wir sahen uns nur stumm an. Draußen dämmerte es und hier drinnen im Haus war es fast schon zu dunkel.

»Ich hab gerade Nelia besucht«, sagte Ellie. »Sie hat mir gezeigt, wo du wohnst. Sie meinte, ich könnte ja mal bei dir vorbeischauen und Hallo sagen.«

»Na, dann hallo zurück. Schön, dich zu sehen.« Ich steckte meine Hände in die Taschen, dann zog ich sie wieder raus. »Komm doch rein«, sagte ich und trat noch einen Schritt zurück. »Willst du ein Wasser oder Saft oder irgendwas?«

Ellie schüttelte den Kopf, sie schaute sich um, während sie hereinkam, und nahm anscheinend alles in sich auf. Unser Haus war vollgestellt mit Kunst, die mein Dad gesammelt hatte – afrikanische Masken, Trommeln, Ölgemälde, so was halt. Sie ging zum Sofa und setzte sich auf die Kante.

»Hübsch hier.«

»Yeah«, sagte ich. »'ne schöne Gegend. Ich wohne fast schon mein ganzes Leben hier. Du in Uptown, oder?«

Sie nickte. »Central Park West. Eine Wohnung, kein Haus. Aber wenn ich hier in Brooklyn bin, dann wünsch ich mir, in einem Haus zu wohnen. So viel mehr Luft.«

»Manchmal gibt es aber auch jede Menge heißer Luft. Die Leute hängen rum und reden Scheiß. Trotzdem mag ich Brooklyn. Das ist mein Zuhause.«

Wir verstummten wieder. Ich hatte keine Ahnung, was ich noch zu ihr sagen sollte. Sie war Miahs Freundin und jetzt war Miah tot. In irgend so 'nem romantischen Buch würde sie am Ende meine Freundin werden, aber das hier war kein Buch. Sie war aber schon hübsch und so. Vielleicht wäre Kennedy ...

»Hey – kennst du diesen Typen Kennedy? Der geht doch auf deine Schule, oder?«

Sie runzelte ganz leicht die Stirn, dann sagte sie »Ja – den kenn ich, also, ein bisschen. Er ist nicht sehr nett.«

»Das hier ist New York«, sagte ich. »Wer ist das schon?«

Sie nickte. »Stimmt. Wieso fragst du? Kennst du ihn?«

»Der war heute hier, hat mit uns im Park Basketball gespielt. Der spielt richtig gut. Ich habe ihn da zum ersten Mal getroffen. Miah hatte ein paar Mal über sein Spiel gesprochen und ich habe ihn auch schon mal auf dem Platz gesehen.«

Ellie nickte. »Er soll ja auch sonst ziemlich gut sein.

Ich habe ihn ein paar Mal angesprochen – aber er war ziemlich abweisend zu mir.« Sie zuckte mit den Schultern. »Ich denke aber, das war meine Schuld. Ich hatte so was gesagt wie, dass er wie Miah klingt. Anscheinend hört er den Spruch wohl öfter.«

»Du weißt doch, wie die Leute sind. Wahrscheinlich wird er ständig mit Miah verglichen. Vor allem an einem Ort wie der Percy.«

»Stimmt. So was in der Art hat er durchblicken lassen.« Sie schaute sich im Wohnzimmer um. Die Fenster dort sind fast bodenlang. Ich beobachtete sie, wie sie hinaus auf den Block starrte. Es war so gut wie dunkel draußen. »Keine Ahnung. Ich wollte mich nur mit ihm unterhalten.«

Ich stand auf, ging in die Küche und holte zwei Flaschen Wasser aus dem Kühlschrank, dann kam ich zurück und warf ihr eine zu. »Warum?«

»Warum was?«

»Warum wolltest du dich mit ihm *unterhalten* … Warum ausgerechnet *mit Kennedy*? Entweder man hat sich was zu sagen oder eben nicht.«

Ellie öffnete ihre Wasserflasche und nahm einen Schluck. »Um eine Verbindung herzustellen. Um mich zu erinnern. Um zu vergessen. Alles das. Falsche Gründe und richtige Gründe.«

»Yeah, ich weiß, was du meinst.«

»Also …«, sagte Ellie sanft, »ich habe das Gefühl, als wäre die Welt stehen geblieben. Und als wäre ich abgesprungen … und dann fing sie wieder an, sich zu drehen, aber zu schnell für mich und ich konnte nicht mehr aufspringen. Ich fühle mich, als versuchte ich immer noch … im Leben wieder Fuß zu fassen.«

Ich zog eine Augenbraue hoch. »Das ist krass.«

»Geht es dir nicht auch so? Ich mein – ihr zwei wart beste Freunde.«

»Yeah. Aber für mich ist es eher so, als wäre da ein Ort, wo es … einfach nichts mehr gibt. So was wie ein Loch oder so. Ab und zu werfe ich ein bisschen Fernsehen oder einen Film oder ein Buch dort rein. Ich werfe jede Menge Basketball rein, und Musik … also, ich tu was. Mache weiter.«

Ellie sah aus dem Fenster, dann seufzte sie und lehnte sich auf dem Sofa zurück. »Genau, das machen wir alle, oder? Ich denke, wir machen alle weiter.«

»Yep.«

»Keine Freundin, oder?«

»Nope.«

Sie schaute mich an. Und ohne mit der Wimper zu zucken, fragte sie: »Freund?«

»Nö. Nur ich. Es gibt nur mich, wie ich dabei bin, alles über mich herauszufinden.« Es fühlte sich so an, als wäre eine Last von mir genommen worden. Ich atmete tief durch und das Atmen fühlte sich leicht an. Ellie hatte nicht einmal *gezuckt*.

»Ich glaub, das auf die Reihe zu kriegen dauert ewig«, sagte sie. »Anscheinend versucht jeder, was auf die Reihe zu kriegen.«

»Was ist mit dir – was ist dein Ding? Was willst du auf die Reihe kriegen? Also, neben dem Wieder-auf-die-Welt-Aufspringen.«

Ellie zuckte mit den Schultern. »Ich weiß es wirklich nicht – und ich glaub, genau das ist der Punkt. Wie können wir weitermachen? Wie kehren wir wieder zurück in die Welt und machen weiter?«

»Hm …« Ich setzte mich neben sie auf die Couch. »Ich denke, das ist doch schon mal ein ziemlicher Schritt, hm? Also, dass du bei mir geklingelt hast.«

Ellie lächelte wieder. »Glaub schon.«

»Das ist ein großer Tag für mich«, sagte ich.

»Weil ich bei dir geklingelt habe?«

Ich nahm noch einen Schluck Wasser. Sie hatte nicht einmal *gezuckt*, als sie nach einem Freund gefragt hatte. Und nun saß ich hier und hatte das Gefühl, als ob die Welt unter mir explodierte.

»Yeah«, sagte ich. »Ich bin froh, dass du über die Straße gekommen bist und hier geklingelt hast.«

»Hm, dann sollte ich das wohl öfter machen.«

»Solltest du.«

»Und vielleicht kommst du ja mal über diese Brücke nach Manhattan.«

»Vielleicht – ist ja 'ne lange Brücke.«

Ellie stupste mich mit ihrer Schulter an und lächelte. Ich stupste zurück.

»Nee, jetzt ernsthaft«, sagte ich. »Danke.«

»Dank nicht mir. Das war Nelia. Die hat auf dein Haus gezeigt und mir vorgeschlagen, ich sollte mal Hallo sagen. Ich bin bloß der Musik gefolgt.«

Dann fing ich noch mal mit dem Song an. Ellie hörte zu und nach einer Weile fiel sie mit ein in die Melodie – ihre Stimme war hoch und sanft, sodass wir wunderbar zusammenpassten. Ich war überrascht, dass sie den Text kannte, aber ich hörte nicht auf, um sie zu fragen, woher.

»And I saw my reflection ...«

Als der Song zu Ende war, saßen wir noch eine Weile da, tranken unser Wasser und starrten nach draußen. Es wurde dunkel, aber ich machte kein Licht an. Irgendjemand spielte irgendwo einen Song von Stevie Wonder. Und woanders sang ein kleines Kind ein Lied übers ABC. Dann wurde der Block ruhig. Und wieder war ein Tag fast vergangen.

Kennedy

Am Sonntag weckt mich meine Mom früh, ich dusche, gebe ein wenig Vaseline auf meine Braids und ziehe mir was Ordentliches an. Sie ist schon bereit, hat was Dunkelblaues an, ihr schwarzer Mantel und die Handtasche liegen auf der Couch neben ihrer Bibel.

»Hab dir Eier mit Bacon gemacht«, sagt sie, als ich aus dem Bad komme. Sie stellt den Teller auf den Küchentisch und lächelt mich an. »Siehst aber nett aus heute.«

Ich lächle sie auch an, setz mich hin und geb zurück: »Du aber auch.«

Sonntagmorgens vermisse ich meinen Dad am meisten. Sein Stuhl mir gegenüber is leer. In unsrem Hochhaus ham 'n paar Kids Dads und andre nich. Manche von denen ham ihre Dads nie kennengelernt und andre sehn die nur am Wochenende.

Sonntagmorgens gehen wir erst in die Kirche und dann zu meinem Dad.

Die ganze Zeit, während der Pfarrer predigt, denk ich über meinen Dad nach. Wenn mich jemand fragt, dann würd ich sagen, er war ein guter Mensch – so gut wie sein Herz. Wenn er die Straße lang lief, dann trug er eigentlich immer die Tasche von 'ner alten Lady oder half jemandem mit seinen Kids oder reichte 'nem armen Kerl 'n bisschen Kleingeld rüber. Genauso erinner ich mich an ihn – an einen Menschen, der immer an andre dachte. Man könnt jetzt meinen, so jemand sollte dann auch richtig dramatisch von der Welt abtreten – was weiß ich, erschossen oder so – so wie Miah. Aber das tat er nich. Er ist zu früh gestorben, weil er 'n kaputtes Herz hatte. Irgendwas, was er schon seit der Jugend hatte und was einfach nicht weggegangen is und ihn dann erledigt hat, als er siebenunddreißig war. Da kommt man echt ins Grübeln über sein eigenes Leben.

Obwohl es schweinekalt ist, ist der Friedhof proppenvoll. Scheint so, als wär Sonntag der Besuchstag bei den Toten – Leute laufen langsam an den vielen Reihen mit toten Menschen entlang oder drängen sich um schmale Gräber. Da fragt man sich, ob die Toten wissen, wann Sonntag ist, und sich dann auch dafür fein machen.

Das Grab von meinem Daddy liegt so vierhundert

Meter runter und dann noch mal so sechs Meter links rein. *Kennedy Mayard SR.* steht drauf. Irgendwas daran, wie sein Name dort aussieht, stört mich, und ich fänd's besser, wenn Grabsteine nich aus Stein wärn – das sieht dann so endgültig aus. Wie wenn die Inschrift sagen würd: *Glaub's einfach, der Mann ist tot!*

Ich balle eine Faust und klopfe ein paar Mal gegen mein Herz, dann zeige ich ihm ein Peace-Zeichen. Meine Mom richtet die Plastikblumen rund um den Grabstein. Wir stehen noch 'ne Weile da und sagen nichts. Dann spüre ich meinen Dad dort bei uns – er hat meiner Mutter einen Arm um die Schulter gelegt und seine große Hand strubbelt über meinen Kopf.

Meine Mom zieht ihren Mantel enger um sich und sagt: »Ganz schön windig heute, oder?«

Ich schaue hoch, über den ganzen Friedhof rüber. Auch wenn heute erst der dritte November ist, entdecke ich die ersten Schneeflocken.

Meine Mom und ich stehen dort und sehen zu, wie sie fallen – ganz sanft und langsam und kalt.

Is schon seltsam, wie der Tod Menschen miteinander verbindet. Ich war nicht eng mit Miah, als er noch am Leben war, aber jetzt auf dem arschkalten Friedhof spürte ich meinen Dad überall und wusste, dass ich und Ellie und Miahs Mom und Pops und überhaupt alle, die mal jemanden verloren haben, mit dem sie eng verbunden waren – dass wir alle … hm, irgendwas waren, ach, keine Ahnung – wie irgendwas Kontinuierliches – und dass wir alle ein Teil waren von ein und demselben. Wir aßen unser Frühstück, machten unsere Arbeit und laberten blödes Zeug oder was, was nich so blöd war. Nachts machten wir dann die Augen zu und hofften, dass der Schlaf schnell kommen würde. Und während unser aller Leben weiterging, waren unsere Toten um uns – überall. Sie beschützten uns, hielten uns aufrecht, gaben uns einen Grund, in die Kirche oder zur Schule oder auf Basketballplätze zu gehen. Die waren immer da und passten auf, dass wir weitermachten. Also, wenn mich jemand fragen würd, würd ich sagen, dass wir alle machten, was Lebende eben so machen.

Ich nehm die Hand meiner Mom, zieh sie ein bisschen zu mir ran. Sie riecht wie kaltes Wetter und Parfüm.

»Dein Daddy mochte immer sehr, wenn ein wenig Schnee lag«, sagt meine Mom.

Und wir stehen da, frieren uns die Ärsche ab und sehen dem Schnee beim Fallen zu.

Norman Roselind

Als ich nach Fort Greene zog, mochte ich am meisten die Bäume dort. Die Stadt hatte in den Sechzigerjahren Setzlinge gepflanzt und nun stehen die Bäume wie Soldaten den ganzen Block entlang Spalier. Als ob sie die Bewohner von Fort Greene vor Unheil beschützen wollen. Ich würde gern sagen können, dass sie das wirklich tun. Es wundert mich, dass sie immer noch stehen – dass überhaupt jemand oder etwas noch steht. Die Bäume verändern sich – Blätter sprießen, werden grün und groß, dann vertrocknen sie, werden rot und braun und schließlich fallen sie ab. Immer wieder. Jahr für Jahr. Als Miah klein war, kletterte er dort hinauf und schaukelte in den unteren Ästen und irgendwo steckte immer ein Erwachsener den Kopf aus dem Fenster und rief: »Miah, runter da vom Baum und lass ihn groß werden, so wie du groß wirst.« Aus irgendeinem Grund musste Miah dann immer lachen – über die Vorstellung, dass ein Baum auf gleiche Weise in die Höhe schießen würde wie er selbst.

An manchen Morgen sitze ich auf meinen Stufen und lese die *Times*, sehe, wie die Welt zum Stillstand kommt und wie sie sich auch wieder weiterdreht. Schon erstaunlich, wie sie immer weitermacht. Erstaunlich, wie Menschen sich in jeden neuen Tag einfügen können.

Heute Morgen saß Nelia auf der anderen Straßenseite auf ihren Stufen. Waren mal unsere Stufen gewesen.

Es ging ein kräftiger Wind. Die Nacht war kalt gewesen, und der Tag fühlte sich so an, als wollte er versuchen, ein wenig Wärme zu bringen, was ihm nicht so richtig gelang. Nelia saß über ihrem Notizbuch und schrieb. Ihre Haare waren nachgewachsen und fielen ihr nun ein wenig so ins Gesicht, wie ich es noch nie bei ihr gesehen hatte. Miahs Tod hatte sie um ein paar Jahre altern und schmaler werden lassen. Aus manchen Blickwinkeln sah sie aus wie das Mädchen vom Vassar College, in das ich mich vor Jahren verliebt hatte. Und dann sah sie wieder aus wie eine ältere, schönere Version von der Frau, die ich verlassen hatte. Ich schloss die Augen. Miah hatte nie verstanden, wie zwei Menschen aufhören können, einander zu lieben, und ich hatte nie gewusst, wie ich das erklären sollte.

Nachdem ich Nelia eine Weile beobachtet hatte, atmete ich einmal tief durch, klemmte mir die Zeitung unter den Arm, stand von meinen Stufen auf und ging über die Straße.

Wie viele Jahre war das her, dass ich auf die andere Straßenseite gewechselt war – drei, vier, neun? Sogar nach Miahs Tod hatte ich dieses Haus nicht mehr betreten. Ich hatte angeboten, beim Ausräumen seines Zimmers zu helfen, aber Nelia hatte Nein gesagt, sie meinte, sie würde sich darum kümmern. Und jetzt setzten sich meine Füße von allein einer vor den anderen und trugen mich mit jedem Schritt näher rüber zu Nelias Stufen.

Der Block liegt nun still und starr da. Es fühlt sich an, als ob jemand aus der Ferne alles beobachtet. Und darauf wartet, was jetzt passiert.

Ellie

Es ist früher Samstagmorgen, Marion rüttelt mich wach. Der Hals tut mir weh, und ich weiß nicht genau, wo ich bin.

»Du hast geschrien«, sagt sie.

Ich blinzele und sehe mich in meinem Zimmer um.

»Jemand hat Miah erschossen«, flüstere ich und presse meine Hand gegen meinen Hals. »Ich hab geträumt, jemand hat Miah erschossen.«

Marion starrt mich an und schüttelt den Kopf. Sie geht aus dem Raum, ein paar Minuten später ist sie zurück und presst mir ein warmes Tuch auf die Stirn.

»Ich habe geträumt …«

»Schsch, Elisha«, flüstert sie. »Miah ist tot, Schatz.«

Ich sinke zurück in die Kissen und schließe die Augen. »Miah ist tot«, flüstere ich und schlafe wieder ein.

Als ich später die Treppe hinunterkam, sah ich zu meiner Überraschung meinen Vater am Küchentisch sitzen. Die Wohnung duftete nach Zimt, Äpfeln und Kaffee. Marion sah mich lange an, dann stellte sie ein Glas Saft vor mich hin auf den Tisch.

»Was machst du denn heute zu Hause?«, fragte ich meinen Vater. Samstags war er normalerweise im Krankenhaus. Erst der Sonntag war unser Familientag.

»Deine Mutter hat mir erzählt, dass du wieder schlecht geträumt hast«, sagte mein Vater. Er sah müde aus, seine blauen Augen waren geschwollen und dunkle Schatten lagen darunter. Meine Geschwister nennen mich immer »das kleine Missgeschick«, weil ich zehn Jahre nach dem letzten von ihnen zur Welt gekommen bin. Meine Eltern sind nicht mehr jung. Letztes Jahr haben wir den siebenundfünfzigsten Geburtstag meine Mutter gefeiert.

Ich sah Marion an. »Und?«

»Wir machen uns Sorgen«, sagte sie. »Es ist jetzt fast ein Jahr her, Elisha.«

»Es sind elf Monate, *Marion.*«

»Nenn deine Mutter nicht ›Marion‹, El.«

Ich schob den Saft von mir weg. »Sobald sie mich ›Ellie‹ nennt, werde ich sie ›Mom‹ nennen.«

»Dein Name ist Elisha.« Marion ging zurück zum Herd und rührte in einem Topf. Kurz darauf stellte sie eine Schüssel mit Apfelkompott auf den Tisch, dann holte sie einen Stapel Pancakes aus dem Ofen.

Ich stand auf und goss mir etwas Kaffee ein.

»Wir machen uns eben Sorgen«, sagte mein Vater. »Du beteiligst dich gar nicht mehr in der Schule …«

»Ich bekomme lauter Einsen.« Ich versuchte, meine Stimme ruhig klingen zu lassen.

»Für dich gibt es nichts außer Lernen, Lernen und noch mal Lernen«, sagte Marion. Sie setzte sich mir gegenüber hin und legte zwei Pancakes auf einen Teller. »Hier.«

»Hab keinen Hunger.«

Mein Vater sah mich an, ich verdrehte die Augen und nahm Marion den Teller ab.

»Kein Sport, keine AGs, keine Freundinnen …«, sagte Marion und nahm zum Abzählen die Finger zu Hilfe. »Nur schlimme Träume und Trauer. Du bist immer in deinem Zimmer und machst … keine Ahnung, was …«

»*Lernen*. Ich bin in meinem Zimmer und *lerne*. Und ich mache noch andere Dinge, außer da oben rumzuhängen.«

»Und was?« Marion und mein Vater sahen mich an. »Wo sind deine Freunde? Mädchen in deinem Alter haben doch immer eine Menge Freundinnen, die vorbeischauen oder anrufen. Niemand ruft hier für dich an.

Als die anderen Kinder noch zu Hause waren, hat das Telefon ständig …«

»Ja, aber ich bin nicht *die anderen Kinder*. Du hättest nach ihnen aufhören sollen, wenn du *die anderen Kinder* wolltest.«

»Wir haben uns überlegt«, sagte mein Vater, »dass du vielleicht mal mit jemandem reden möchtest …«

Ich wollte schon etwas sagen, aber er hob abwehrend die Hand.

»Ich weiß, wir haben schon darüber gesprochen, aber jetzt ist so viel Zeit vergangen und du bist immer noch die Gleiche.«

Ich bin nicht die Gleiche, hätte ich gern geschrien. *Ich habe mich verändert. Mein Freund wurde getötet. Das macht etwas mit einem.*

»Manchmal fahre ich nach Brooklyn und besuche Miahs Mutter und Carlton«, sagte ich. Ich wusste, ich würde ihnen das nicht begreiflich machen können, und ich wusste, dass irgendein Freund meines Vaters, ein Psychiater, das auch nicht verstehen würde.

»Wann soll das denn gewesen sein?«, fragte Marion.

»Manchmal eben.« Ich nahm einen Bissen von den Pancakes und kaute ihn langsam.

Beide warteten ab.

»Wer ist Carlton?«, wollte Marion dann wissen.

Ich schaute hoch auf die Uhr über der Spüle. Schon

halb zehn. Carlton und ich wollten uns um elf Uhr downtown zum Brunch treffen.

»Er war Miahs bester Freund.«

Meine Mutter legte ihre Gabel auf dem Tisch ab. »Und nun datest du etwa *ihn*?«

»Oh Mann – könnt ihr beide mich nicht einfach mal in Ruhe lassen? Ich *date* ihn nicht.«

»Was ist denn mit dir los, Ellie?«, fragte mein Vater. »Was soll das? Es gibt eine Menge Jungs hier in unserer Gegend. Nette Jungs.«

»Du meinst, *weiße* Jungs, Dad.«

»Ich meine, passendere Jungs.« Mein Vater sah mich an und ich blickte stumm zurück. Ich hatte ihn immer mehr geliebt als meine Mutter, und vielleicht tat es mir deshalb weh, ihn so reden zu hören.

»Lass mich in Ruhe, Dad. Hör auf mit diesem liberalen Scheiß. Du meinst, weiße Jungs, aber du würdest das nie sagen, weil es nicht politisch korrekt ist, oder?«

Mein Vater schüttelte nur den Kopf und starrte mich an, als versuchte er zu ergründen, wer ich eigentlich war.

Marion stand auf und ging zur Spüle. Sie stand einfach da, mit dem Rücken zu uns und sah aus, als hätte sie vergessen, was sie eigentlich dort gewollt hatte.

»Vielleicht ist das ja gut, Schatz. Vielleicht bedeutet das weniger Trauer hier im Haus.«

»Ich versteh dich nicht«, sagte mein Vater. »Ich dachte immer, ich täte es, aber ich tu's nicht.«

»Und ich verstehe *dich* noch weniger«, sagte ich. »Und ich date ihn nicht. Er … er ist ein Freund.«

»Nun«, meinte Marion. »Gut zu wissen, dass du Freunde findest. Aber ich möchte trotzdem nicht, dass du den langen Weg nach Brooklyn fährst.«

»Ich treffe ihn heute hier in der Stadt.« Ich biss noch einmal in den Pancake. »Keine Sorge – ich werde nicht über diese gefährliche Brücke in einen anderen Stadtteil fahren.«

»Deinen Sarkasmus kannst du dir sparen«, sagte mein Vater. »Ich denke immer noch, wir müssen darüber reden, dass du mal mit jemandem sprichst.«

Ich stand auf. »Wie wär's mit einer Familientherapie? Also, da bin ich dabei. Wie wäre es, wenn ich die Möglichkeit bekäme, darüber zu sprechen, warum ich so viel Angst davor hatte, meinen Schwarzen Freund mit zu Eltern nach Hause zu bringen, die hoch und heilig versichern, dass sie nicht rassistisch sind? Wie wäre es, wenn wir darüber reden, dass er gestorben ist, ohne dass ihr ihn je getroffen habt, weil ich durchaus die Message mitbekommen habe, dass so etwas nicht okay ….«

»Bring diesen neuen Freund mit«, sagte Marion. »Niemand hält dich davon ab.«

Ich ließ meinen Vater nicht aus dem Blick. »Das ist nicht der Punkt, oder?«

»Wir müssen über all das reden«, sagte er.

Ich schüttelte den Kopf. »Das werden wir nie.«

Meine Eltern sagten nichts mehr. Sie wussten, dass es stimmte.

Carlton

»Ist schon witzig. Es gibt da diesen Teil von mir, der sich immer irgendwie einsam gefühlt hat, weißt du?«

Wir sind in einem Café Ecke Waverly und Sixth Avenue. Um uns herum viele Menschen – Männer, die mit Männern zusammen sind, Frauen und Männer, Eltern mit ihren Kindern und Frauen zusammen mit Frauen.

»Ich bin hier öfter mit Miah hergekommen«, sagte Ellie und führte mich zu einem Tisch hinten im Raum. Wir setzten uns und ein Kellner legte Speisekarten vor uns hin.

Es war ruhiger im Café, als ich auf den ersten Blick angenommen hätte. Dann sah ich nach oben und sah, dass die Decken mit violettem Schaumstoff überzogen waren, was wohl den Geräuschpegel ziemlich dämpfte.

»Wie habt ihr das denn gefunden – also, ich komme oft ins Village und dieses Café ist mir nie aufgefallen.«

Ellie sah mich an. »Wir waren mal zusammen unterwegs. Oh Gott, das fühlt sich an, als wär es schon eine Ewigkeit her. Und dann kamen wir an diesem Paar vorbei, älter als wir, so Mitte dreißig, Schwarz und weiß wie wir. Und der Mann sagte zu Miah: ›Yo, nimm deinen Schatz doch mal mit zu …‹, und dann nannte er uns dieses Café. Wir lächelten bloß. Das war irgendwie ein verbindender Moment oder so was. Ja, und dann sind wir mal hierhergegangen. So viele verschiedene Menschen, alle wild gemischt und von allem etwas. Schwarz, weiß, schwul, hetero. Hier ist das einfach völlig egal.«

Ich sah mich um und nickte. Es war nicht schwer, sich Miah hier mit Ellie vorzustellen, die beiden an einem ruhigen Tisch, wie sie Cappuccino tranken und über ihre Leben sprachen. Niemand starrte sie an, verurteilte sie, hasste sie, nur weil …

Ich starrte auf die Speisekarte, meine Augen begannen zu brennen. Vielleicht war das einfach die heftige Erinnerung an Miah. Vielleicht auch, weil ich dachte, wie gut es sich angefühlt haben muss, sich offen zeigen zu können und sich nicht um den Rest der Welt zu kümmern. Als der Kellner zurückkam, bestellten wir beide und ich spielte mit einer Serviette rum und riss sie in winzige Fetzen. Aus irgendeinem Grund konnte ich

Ellie nicht ansehen. Das Wort *schwul* schien plötzlich ganz laut im Raum zu stehen.

»Da war noch was, warum wir hierherkamen«, sagte Ellie. »Es gab mir so ein sicheres Gefühl gegenüber Miah. Ich war mir hier so sicher, dass ich ihn liebte. Dass alles gut würde.« Ihre Stimme brach etwas und dann schwieg sie wieder.

Draußen schneite es – nicht stark und wahrscheinlich würde der Schnee nicht liegen bleiben, aber genug, um uns zu zeigen, dass der Winter endgültig gekommen war.

»Du hast Glück«, sagte ich. »Also, ich mein, dass du eine Chance hattest, dir in einer Sache so sicher zu sein. Es gibt keinen einzigen Teil von mir, bei dem ich mir je hundertprozentig sicher gewesen wäre.«

»Hmm.« Ellie sah mich an. »Wirklich nichts?«

»Basketball vielleicht. Ich war mir zwar nie sicher, ob ich eigentlich gut bin, aber ich spiele einfach wahnsinnig gern.« Ich öffnete meine Hand und starrte auf die Innenseite. »Die Art und Weise, wie sich der Ball in meiner Hand anfühlt. Die Art, wie ein scharfer Wurf in den Korb rutscht. Über den ganzen Platz rennen und rechtzeitig unters Brett zu kommen – all das fühlte sich ... fühlte sich so real an. So handfest. Aber zeig mir doch mal einen Profispieler in der Liga, der so was erzählt wie *Mein fester Freund Bob und ich ...*«

Ellie lächelte. Unsere Bestellung kam.

»Gibt es einfach nicht«, sagte ich, nachdem der Kellner wieder weg war. »Mich gibt es einfach nicht.«

»Hast du nicht gesagt, du hast keinen Freund?« Ellie sah mich mit gerunzelter Stirn an.

»Ich *hab* auch keinen. Genau das mein ich doch. Mich gibt es nicht – es gibt keine schwulen Basketballer.«

»Das ist doch verrückt, Carlton. Du hörst auf, der zu sein, der du bist, weil …«

»Japp.«

»Aber das ist doch kein … das ist doch kein *Leben*.«

»Ich weiß.«

»Und nur weil Menschen sich nicht outen, heißt das doch nicht, dass es sie nicht gibt.«

Ich sagte nichts mehr. Wenn jemand mich fragen würde: *Carlton, bist du hetero oder schwul? Sag es mir, denn morgen schon könntest du tot sein*, würde ich sagen: *Ich bin schwul* – obwohl ich noch nie einen anderen Jungen geküsst hatte oder in jemanden verliebt war.

»Ich *bin* schwul«, sagte ich und sah Ellie dabei nicht an. Ich beobachtete, wie der Sirup in meine Pancakes einsickerte, betrachtete die Orangenscheiben, die glänzend wie Glas neben den Pancakes lagen.

»Ich weiß«, sagte Ellie.

Als ich aufsah, lächelte sie wieder.

Wir sahen uns lange an. Ich spürte, wie es mir die Kehle zuschnürte. Es fühlte sich an, als hätte Ellie mir gerade irgendwie das Leben gerettet. Ich wollte schreien, über den Tisch greifen und sie umarmen. Aber mein Atem ging zu schnell und mein Körper fühlte sich schwer an und gleichzeitig so leicht, daher blieb ich einfach sitzen und sah sie weiter an.

»Wir wären ein hübsches Paar – also rein optisch, meinst du nicht auch?«, stellte Ellie fest.

Ich lachte und die Luft fühlte sich gleich ein bisschen leichter an.

»Jetzt im Ernst, Carlton. Du siehst toll aus – wenn du wolltest, würden dir die Jungs doch scharenweise nachlaufen.«

Ich schob mir ein Stück Pancake in den Mund und schüttelte den Kopf.

»Ich nehm an, ich bin eher der romantische Typ. Ich würde mich gerne richtig verlieben und das Gefühl haben, genau das – dieses Wir-sind-eins, eins bis ans Ende unsrer Tage, für immer und ewig, Amen.«

Ellies Gabel verharrte in der Luft. Als sie mich ansah, war ich vielleicht überrascht, dass Tränen in ihren Augen standen. Sie blinzelte, sagte aber nichts.

»Ich weiß, das ist genau das, was ihr zwei hattet«, erklärte ich schnell.

»Ich frage mich bloß … na ja – ob man so was mehr

als einmal haben kann. Also, ich suche nicht danach, und ich habe keine Ahnung, ob ich jemals wieder danach suchen werde. Ich hab ja nicht mal danach gesucht, als ich Miah fand.« Sie lachte. »Aber … wer weiß. Wer weiß schon irgendwas.«

»Ich kann mir deine Welt nicht mal vorstellen.«

Ellie lächelte.

»Yeah«, sagte sie. »Das ist es, was ich an dir mag – du versuchst es nicht mal.«

»Miah war verrückt nach dir – das weißt du, oder?«

Ellie starrte runter auf ihren Teller und nickte. »An den meisten Tagen.«

»Jeden Tag.«

»An den meisten Tagen weiß ich, dass es jeden Tag so war. Aber an manchen Tagen …« Sie sah zu mir hoch und lachte ein wenig »An manchen Tagen denke ich …«

»Nun, an diesen Tagen liegst du falsch.«

»Ich weiß. Also, ein Großteil von mir weiß das.«

»Dein Essen wird kalt.«

Sie aß weiter. Ich beobachtete sie eine Weile.

»Ich wär nicht im Traum darauf gekommen, mal nach Uptown zu fahren und dich zu besuchen«, sagte ich. »Aber ich freu mir den Arsch ab, dass du auf die andere Straßenseite gekommen bist.«

»Wie ich schon sagte, bedank dich nicht bei mir, bedank dich bei Nelia.«

Ich aß auch wieder weiter. »Bei dir. Bei Nelia. Bei wem auch immer. Ich bin froh, dass es passiert ist.«

»Yeah.« Ellie sah mich an und lächelte. Miah hatte recht – es war eines der schönsten Lächeln, die ich je gesehen habe – so echt, tief, ehrlich, ihr Gesicht und ihr Herz der Welt offen zugewandt.

»Magst du nachher einen Film gucken?«

Ellie nickte. »Aber sicher.«

»Am besten kaufen wir eine Zeitung und schauen, was gerade läuft, okay?«

»Voll okay.«

Es war immer noch Samstag Vormittag. Der Rest des Tages gehörte uns. Der Rest unseres Lebens gehörte uns. Es wurde Winter und draußen war es kalt. Aber in dem Café, in dem wir saßen, war es ruhig und warm. Das Essen war gut. Meine Begleitung war gut. Vielleicht würde auch ich irgendwann jemanden haben, in den ich verliebt wäre. Aber selbst wenn das jetzt nicht so war, gehörte die Welt uns. Und hier waren Ellie und ich, wir saßen uns gegenüber. Und lächelten.

Kennedy

Im zweiten Viertel schnappt sich Trinity den Ball von unserem schwachen Point Guard – der eigentlich auf der Bank sitzen sollte, aber nicht dort sitzt, weil sein Daddy der Percy 'nen Haufen Kohle rüberreicht – und punktet! Ich fluche und der Schiri verpasst mir 'n Foul, weil man auf'm Platz nich fluchen darf. Unser Team liegt zehn Punkte zurück und es sieht echt danach aus, als würden wir noch 'ne Klatsche kassieren. Es ist mein drittes Foul, daher nimmt mich der Coach vom Platz. Ich fluche wieder, aber so, dass es niemand hören kann, setz mich auf die Bank. Der Schweiß läuft mir nur so runter, und ich leg mir das Handtuch über'n Kopf, damit ich nicht mit ansehen muss, wie grottig wir sind.

»Musst lernen, auf dein Mundwerk zu achten, Kennedy«, sagt der Coach zu mir.

»Yeah, klar, was auch immer«, murmel ich unterm Handtuch.

»Und auch auf deine Einstellung.«

Ich sag nich noch mal *was auch immer*, aber ich denk es so laut, dass die ganze Halle es mitbekommt. Die ist echt voll heute, weil das Spiel erst das vierte in dieser Saison is, und wir haben zwar schon die ersten zwei von drei Matches verloren, aber die Leute haben trotzdem noch Hoffnung für die Percy. Ich hör, wie die Menge jubelt, und schau unter meinem Handtuch hervor, da seh ich doch glatt, wie die Percy von der Mittellinie aus punktet. Aber vor allem bin ich baff, dass unser schwacher Point Guard mal was gebacken kriegt.

Das Spiel geht 'ne Weile hin und her, und ich schau nich zum Coach rüber, der soll nicht mitbekommen, wie scharf ich drauf bin, wieder eingewechselt zu werden.

»Hier, halt dich warm«, sagt der Coach und wirft mir mein Sweatshirt zu. »Sollst ja keine Krämpfe kriegen.«

Ich zieh mir das Shirt über. Percy wirft zwei weitere Körbe und wird dann gefoult. Irgendwann steht es dann unentschieden.

»Los, wieder raus mit dir«, sagt der Coach. Er holt den Point Guard runter und wir klatschen uns ab auf dem Weg zum und vom Platz. Seine Hand ist schwitzig, und er hat dieses fette Grinsen im Gesicht, als hätt er mordsmäßig was geleistet.

Die Leute jubeln laut, als sie sehen, dass ich wieder drin bin. Seit Miah tot ist, bin ich der Big Scorer im Team. Also, Miah würd jetzt rausgehen und dann zwanzig, dreißig, manchmal sogar vierzig Punkte in 'nem Spiel einfahren. Bei den meisten Spielen hole ich etwa zwanzig. Der Coach sagt, wenn ich 'ne bessre Einstellung hätt, würd ich wahrscheinlich viel mehr rausholen.

Percy hat den Ball und der Forward passt ihn in meine Richtung. Ich dribbel ihn übers Feld und versenk ihn easy mit 'nem Korbleger. Die Menge tobt, brüllt, trampelt und pfeift. Auch wenn ich immer noch angepisst bin wegen dem Foul, muss ich grinsen. Ich mach 'n Peacezeichen rüber zu den Leuten, darauf johlen die noch wilder.

Wir scoren noch 'n paar Körbe und danach fühl sogar *ich* die Liebe in der Halle. Ich schau rüber zum Coach und er hat dieses breite Lächeln im Gesicht. Als würd er denken, was ich denk – *hey, ihr alle – wir sind die Percy Panthers. Und wir sind WIEDER DA!*

Draußen sind geschätzt eine Trillion Sterne am Himmel und die Nacht is kälter als irgendwas. Ich zieh mir die Kapuze über'n Kopf und nehm den Rucksack höher auf die Schultern, mach mich bereit für den kurzen Weg zur U-Bahn, als ich meinen Namen hör. Ich dreh mich um und seh, wie Ellie auf mich zukommt – Ellie und Carlton.

Ich schau Carlton an, als ich ihn abklatsche. Wir umarmen uns kurz. Ich fühl mich gut, also kriegt sogar Ellie auch 'ne kurze Umarmung.

»Du bist voll *abgegangen*«, sagt Carlton zu mir.

»Zweiundvierzig Punkte, yo!« Wir klatschen uns wieder ab, grinsen dabei beide. »So viel wie noch nie in 'nem Spiel.«

»Du machst echt deinen Weg seit …«

»Yeah«, sag ich schnell, bevor er zu Ende reden kann. »Aber Percy ist endlich wieder mit dabei. Wie läuft's an der Tech?«

»Läuft ganz okay bei uns«, meint Carlton.

»Bei denen läuft es mehr als okay«, sagt Ellie. »Die haben ihre letzten vier Spiele gewonnen.«

Ich schaue zwischen den beiden hin und her und zieh dann eine Augenbraue hoch.

Carlton grinst. »Nö, Mann«, sagte er. »Es ist nicht das, wonach es aussieht. Wir sind Freunde.«

Ellie schaut erst verwirrt, dann lächelt sie.

»Oh«, sag ich. »So nennt man das jetzt also.«

In diesem Moment strömen die Menschen aus der Percy, laufen an uns vorbei, klatschen mich ab und sagen mir, was für'n tolles Spiel ich gemacht hab.

»Yo – also vielen Dank, dass ihr da wart, aber ich muss jetzt raus aus der Kälte.«

Ellie schaut mich an. »Vielleicht möchtest du mitgehen und was mit uns essen oder so. Wir wollen zum Diner um die Ecke. Nichts Großes.«

Carlton hüpft auf und ab, mit den Händen in den Taschen. »Also – noch mal kurz aufwärmen, bevor es über die Brücke geht.«

»Nö danke, Mann«, sage ich. »Hab keinen Bock auf dieses Fünfte-Rad-Dings. Also, wie ›Freunde‹ sich dann benehmen.«

Ellie verdreht die Augen. »Es ist nicht so, wie du denkst, Kennedy.«

»Stimmt«, sagt Carlton grinsend. »Ich bin schwul, Mann. Kommst du damit klar?«

Ich schau ihn an, dann mach ich einen Schritt zurück. »Hey, kein Ding. Weißt schon, gibt solche und solche.« Und nach einer Minute oder so sag ich: »Aber verdammt. Echt jetzt, Mann?«

Carlton nickt. »Und nimm's mir nicht übel, Kennedy, aber du bist nicht mein Typ.«

Ich steh noch 'ne Weile rum und versuch, das Ganze zu verdauen.

»Ich mein, is mir total egal, aber – echt jetzt, schwul?«

Carlton schaut mich einfach an.

»Verdammt«, sag ich wieder. »Wie auch immer. Das ist *deine* Sache.« Dann kommt's mir. »Halt mal! Wart ihr, Miah und du … zusammen?«

»Kennedy!«, ruft Ellie aus. Aber sie lächelt dabei.

»Also ehrlich. Ich bin die, mit der Miah zusammen war, schon vergessen? Hallo?«

Ich zucke mit den Schultern. »Na ja. Gibt schließlich Brüder, die auf beides stehen.«

»Denk das nicht mal«, meint Ellie.

Carlton schüttelt den Kopf. »Nope, Mann«, sagt er. »Miah und ich waren Freunde. Ob du das jetzt glaubst oder nicht, aber Heteros und Schwule können zusammen abhängen, ohne dass da was läuft.«

»Weiß ich doch. Was denn – glaubst du etwa, du bist der erste schwule Junge, mit dem ich red, oder was?«

Carlton muss grinsen. »Was weiß ich denn? Wir lernen uns doch gerade erst kennen.«

»Also, ich leb doch nicht hinterm Mond oder so. Ich hab schon was von der Welt gesehen.« Ich dachte an all die schwulen Brüder in meiner Kirche – ich wusste ja, dass sie schwul waren, ob sie nun darüber geredet ham oder nich. Und mein Onkel James is schwul – und hat keinen Schiss, das jedem ins Gesicht zu sagen.

»Wie auch immer«, meint Ellie. »Heute ist …« Sie legt die Arme um sich und schaut in die Gegend. »Also heute ist der Abend, an dem Miah gestorben ist.«

Ich spüre, wie mein Schwung ’n bisschen weniger wird. Und wie ich anfange zu schwitzen, obwohl es so kalt ist.

Keiner von uns sagt was. Die Leute laufen um uns

herum und ich höre *Gutes Spiel, Kennedy*, immer wieder, aber die Worte scheinen ganz weit weg zu sein. Ich höre mich selbst, wie ich wieder fluche.

»Kommst du?«, fragt Carlton.

»Yeah, dann essen wir da 'n paar Fritten oder so«, sag ich. »Zeigen wir 'nem toten Bruder etwas Liebe.«

»Der tote Bruder hat dir die ganze Zeit geholfen, ohne den hättest du doch keinen Korb reingekriegt«, sagte Carlton.

»Okay, ich bin dafür.« Ich seh Carlton noch mal an, so in der Art: *So wie du Basketball spielst, Mann – bist du sicher, dass du schwul bist?* Aber ich hab für heute Abend genug von so 'nem Talk.

Carlton legt seinen Arm um Ellies Schultern.

»Es gibt unfassbar viel Sterne heute Nacht«, sagte er.

Und ich und Ellie und er schaun hoch. Hoch in den Himmel.

Nelia

Nun ist Winter. Ich versuche, nicht auf die Tage zu achten. Er wurde an einem Samstag im Dezember erschossen. Wir begruben ihn am Montag darauf. Ich habe den Kalender auf meinem Schreibtisch vor langer Zeit zugeklappt. Über ein Jahr ist vergangen, seit Miah gestorben ist. Der Kalender ist schwarz, mit großen goldenen Buchstaben auf der Vorderseite – *Erinnere dich*, sagt er. Und das tue ich.

Heute Morgen schneit es. Ich stehe am Fenster und sehe zu, wie die weißen Flocken fallen und sich wie eine samtige Decke über den Block legen. Ich esse ein Spiegelei-Sandwich im Stehen, schaue hoch zum Silberhimmel.

Und erinnere mich.

Das erste Drittel meines Buches ist fertig. Ein kleines

Mädchen erzählt die Geschichte – ein Geist namens Annabelle. Glaube ich an Geister? Jetzt schon. Annabelle streift durch dieses Haus und durch meine Seiten und erzählt ihre Geschichte. Ich höre ihr zu und schreibe sie auf – und ihre Geschichte enthält Geschichten von Menschen, die ich gekannt habe, und von solchen, die ich hoffentlich irgendwann kennenlerne. Irgendwann wird jemand dieses Buch lesen und vielleicht wird es ihn zum Lachen bringen. Oder zum Weinen. Wer weiß das schon. Ich weiß nur, was ich hier vor mir habe – ein Drittel eines fertigen Buchs, ein Mädchen namens Annabelle, schwarze Buchstaben auf weißem Papier, eine neue Welt, die darauf wartet, dass jemand sie betritt.

Das Schreiben kommt zu mir und ich lasse es hinein. An manchen Tagen ist es so voller Traurigkeit, dass ich mich hinlegen muss, schlafen, für eine Weile vergessen muss. An manchen Tagen ist es aber erfüllt von absoluter Freude.

An manchen Tagen ist Ellie in meiner Küche, das gelbgoldene Licht umfließt uns, während wir reden. An manchen Abenden sitzt Norman draußen auf meinen Stufen, erzählt mir etwas über sein Leben, hört mir zu, wenn ich über meins erzähle – wir sind Freunde geworden, unsere gemeinsame Vergangenheit tut jetzt nicht mehr so weh. Und samstags kommt Carlton, trägt mir meine Einkaufstüten – und wenn ich sage, *Sing, Carlton*, dann tut er es, und seine weiche Stimme trägt mich zurück in eine andere Zeit, eine leichtere, freiere Zeit.

Und jeden Tag gibt es mindestens einen perfekten Moment – die Art, wie die Sonne durch mein Wohnzimmer wandert, Röstkartoffeln mit reichlich Rosmarin und Öl, ein winziges Baby ganz in Hellblau eingepackt, ein Kind, das lacht.

Der Schnee fällt und fällt. Ich kehre meinem Fenster den Rücken, gehe hinauf in mein Arbeitszimmer. Wenn ich die Lampe anschalte, erfüllt so viel schönes Licht den Raum.

Ellie

Mich erstaunt immer noch, wie viel sich nicht verändert. Du gehst raus und der Nachthimmel ist immer noch der Nachthimmel – der Mond nimmt ab und wieder zu, die Sterne funkeln – einige heller als andere. Tag heißt Wolken oder keine Wolken, Regen oder kein Regen. Kalt oder heiß.

Du schwitzt. Du weinst. Du läufst und isst und ziehst deine Socken wieder hoch, wenn sie runterrutschen. Du schnürst deine festen Schuhe oder schnallst deine Sandalen zu.

Du gehst in einen Laden und kaufst dir ein neues T-Shirt. Ein, zwei Tage später ziehst du es an und jemand sagt: *Hey, cooles Shirt. Ist das neu?*

Du hast Tage, an denen du dich nicht erinnerst, und dann kannst du tagelang nicht mehr vergessen. Aber du lächelst öfter. Und die Welt scheint ihre Arme für dich auszubreiten.

Du lachst zusammen mit Carlton. Du führst lange, tiefe Gespräche mit Nelia, du redest immer öfter mit Kennedy – und wenn er mal lächelt, ist dieses Lächeln wie ein kleines Geschenk.

An manchen Morgen sitzt du da und denkst darüber nach, was die, die uns verlassen haben, zurücklassen – dieses … dieses Potenzial für ein neues Leben … für ein anderes Leben. Dieses *Geschenk* einer Zukunft, die wir uns nie vorgestellt hätten, voller Menschen, die wir sonst übersehen hätten.

Heute Morgen liegt so viel Schnee auf dem Boden. Ich laufe langsam zum Central Park. Als ich an den Eingang komme, spüre ich, wie mein Herz heftig zu klopfen beginnt. Aber ich laufe weiter. Der Park ist leer und ruhig. Die Zweige biegen sich unter dem Gewicht des Schnees.

Dann gehe ich zu der Stelle, wo Miah gefallen ist, und warte darauf, dass ich losschreie. Doch in mir bahnt sich kein Schrei den Weg nach oben. Stattdessen frischt der Wind auf und bläst mir meine Haare in die Augen. Wirbelt den Schnee um mich herum auf. Ich höre dem Geräusch zu, das er macht: *Schhh. Schhh. Schhh.*

»Jeremiah Roselind«, flüstere ich. »Ich werde mich *immer* an dich erinnern.«

Der Wind nimmt meine Worte auf und trägt sie sanft hoch in die Luft.

»Immer«, sage ich noch einmal.

Und der Wind streicht mir zart über die Wangen. So zärtlich wie eine Hand.

Jeremiah

Ellie Eisen. Ich werde mich immer an dich erinnern.

Wenn du stirbst, wendest du dich von der Welt ab, die du bislang gekannt hast, und machst dich auf einen weiten, langsamen Weg zu einem anderen Ort. Und hinter dir – gehen alle, die du zurückgelassen hast, einen Schritt weiter in ihre neue Welt. In die Welt, in der sie lernen werden, ohne dich zu leben.

Wenn du stirbst, wird deine Stimme zu Wind, der den Lebenden zuflüstert:

Ellie. Du wirst geliebt.

Carlton. Du wirst geliebt.

Mama. Du wirst geliebt.

Dad. Du wirst geliebt.

Und Kennedy – hey, Kennedy – du hast es echt drauf, Mann!

Und wenn alle Menschen, die du zurücklässt, das gehört haben, drehst du dich langsam um und beginnst deinen weiten Weg in *deine* neue Welt.

Aber ab und zu bleibst du stehen und schaust zurück.

Und erinnerst dich.

DIE AUTORIN

Einige Gedanken und Hintergründe zu *Seit du gegangen bist* von Jacqueline Woodson

Wo spielt das Buch?
In Fort Greene, Brooklyn, und Manhattans Upper West Side.

Wo habe ich es geschrieben?
Zu Hause in Brooklyn und in Manhattan.

Warum habe ich es geschrieben?
Ich hatte ein Buch mit dem Titel *Eine Weile bleibt die Zeit für uns stehen* geschrieben. Nachdem ich die Arbeit daran beendet hatte, verfolgten mich die Figuren weiter. Dann kamen die Terroranschläge in New York am 11. September 2001, und mich beschäftigte die Frage, wie wir weiterleben, wenn wir so plötzlich und unerwartet Menschen verlieren. Ich fing an, über all das nachzudenken, und so entstand dieses Buch.

Über Jacqueline Woodson

Was ist deine Lieblingsfarbe?

Blau, manchmal Grün, aber meistens Blau.

Dein Lieblingsessen?

Pizza.

Welche Lebensmittel magst du nicht?

Avocado, Pilze, Artischocken, Himbeeren, Papaya, Fleisch, Rosenkohl, Alfalfa-Sprossen, Haferflocken ... Diese Liste ist eigentlich noch länger, aber ich höre hier besser auf.

Hast du Geschwister?

Ich habe einen älteren Bruder, eine ältere Schwester und einen jüngeren Bruder. Obwohl ich 1,78 m groß bin, bin ich die Kleinste in meiner Familie.

Wo kamst du zur Welt?
In Columbus, Ohio, aber ich habe meine ersten Lebensjahre in Greenville, South Carolina, verbracht. Als ich etwa sieben Jahre alt war, sind wir nach Brooklyn gezogen.

Was war dein Lieblingsfach in der Schule?
Ich mochte Englisch und alles, was etwas mit Schreiben zu tun hatte. In Mathe und Naturwissenschaften war ich unglaublich schlecht. Ich liebte Sport und Spanisch und alles, wo wir tanzen oder rumtoben konnten. Zu lange still sitzen mochte ich nicht, außer ich konnte dabei lesen. Ich habe die gleichen Bücher immer wieder und wieder gelesen.

Was sind/waren einige deiner Lieblingsbücher?
Als ich klein war, liebte ich alles von Virginia Hamilton oder Judy Blume. Ich mochte auch sehr *Der selbstsüchtige Riese* von Oscar Wilde und *Das kleine Mädchen mit den Schwefelhölzern* von Hans Christian Andersen. Oh – und *Stevie* von John Steptoe. Und heute, da wird meine Favoritenliste gefühlt länger und immer länger. Eine Auswahl der Autor*innen und Illustrator*innen, die ich mag: Chris Raschka, Chris Lynch, Chris Myers – und das nicht nur, weil sie alle denselben Vornamen haben! Außerdem mag ich An Na, Karen Hesse, Kashmira

Sheth, Mildred Taylor, James Baldwin, Anne Lamott, Rosa Guy, Christopher Paul Curtis, Walter Dean Myers, Hope Anita Smith, Carson McCullers, Raymond Carver, Audre Lorde ... Ich könnte noch stundenlang so weitermachen.

Was liebst du am Schreiben?

Dass es mich glücklich macht. Selbst wenn die Worte nur langsam kommen und die Geschichte sich irgendwie nicht richtig entwickelt, macht es mich glücklich.

Wohin bist du schon gereist?

Ich war in allen fünfzig Staaten der USA und habe in jedem einige wirklich coole junge Leute getroffen. Dann war ich in England, Frankreich, Deutschland, Puerto Rico, Belize, Virgin Gorda und Mexiko. Und wahrscheinlich noch an anderen Orten, an die ich mich gerade nicht erinnere.

Welche Sprachen sprichst du?

Hauptsächlich Englisch, aber ich kann auch Spanisch und ein bisschen Amerikanische Gebärdensprache. Und zur Not langt mein Französisch und Deutsch, um eine Toilette zu finden.

In welchen anderen Sprachen wurden einige deine Bücher veröffentlicht?

Italienisch, Niederländisch, Tagalog, Französisch, Spanisch, Deutsch, Japanisch, Mandarin, Türkisch und noch ein paar andere, an die ich mich gerade nicht erinnere.

Ist Schreiben schwer?

Ja. Alles, was man gut machen will, kann manchmal schwierig sein. Den eigenen Text zu überarbeiten ist schwer. Es ist schwer, sich neue Dinge auszudenken, über die man schreiben kann. Aber gerade weil es schwierig ist, wird man am Ende umso mehr belohnt.

Basieren einige deiner Bücher auf persönlichen Erlebnissen?

Die einzigen, die irgendwie autobiografisch sind, sind *Visiting Day, Sweet, Sweet Memory, Show Way* und alle Maizon-Bücher.

Hast du manchmal eine Schreibblockade?

Nope. Ich glaube nicht, dass es überhaupt so etwas wie eine Schreibblockade gibt. Ich glaube, da sagt dir einfach dein Kopf, dass das, was du gerade schreibst, nicht das ist, was du wirklich schreiben willst. Wenn mir das passiert, fange ich an, etwas anderes zu schreiben.

Hast du selbst Kinder?
Ich habe eine Tochter namens Toshi und einen Sohn namens Jackson-Leroi. Toshi heißt nach ihrer Patentante, Toshi Reagon, die eine wirklich coole Sängerin ist.

Was war dein erster Job?
Schon als kleines Kind habe ich eine Reihe von Werbefotos für Alaga Sirup im *Ebony Magazine* gemacht. Obwohl ich da erst zwei Jahre alt war, sah ich viel älter aus, und die Anzeigen, die häufig gedruckt wurden, zeigten mich als Schulkind, das von Alaga Sirup träumt. Ich kann mich nicht erinnern, ob ich es mochte. Aber rein technisch gesehen war das mein erster Job.

Welche Musik hörst du?
Hier einige der Leute, die auf meinem Computer sind: Toshi Reagon, Joni Mitchell, Kanye West, Talib Kweli, Bruce Springsteen, Black Eyed Peas, Nas, Indigo Girls, Ani DiFranco, Eminem und der ganze Soundtrack von *Free to Be … You and Me.*

An wie vielen Büchern arbeitest du gleichzeitig?
Meist arbeite ich an zwei oder drei Büchern. Wenn ich mich bei dem einen langweile oder nicht weiterkomme, mache ich mit einem anderen weiter.

Wo schreibst du?
Ich habe ein Schreibbüro in meinem Haus in Brooklyn. Manchmal gehe ich auch in den *Writers Room* in Manhattan. Oder ich sitze auf den Stufen vor dem Haus oder schreibe im Prospect Park. Manchmal, wenn mir eine spontane Idee kommt, schreibe ich einfach drauflos, egal wo ich bin, und auf alles, was mir gerade in die Finger kommt.

Hast du unter all den Büchern, die du geschrieben hast, einen Lieblingstitel?
Nope. Ich mag jedes von ihnen aus ganz unterschiedlichen Gründen. Manchmal denke ich noch lange, nachdem ich ein Buch beendet habe, über die Menschen darin nach.

Wenn du nicht schreiben könntest, was würdest du dann tun?
Für die NBA spielen – ich würd dann versuchen, die Knicks zu einem Siegerteam zu machen!

Was meinst du – wirst du je aufhören zu schreiben?
Wenn ich aufhöre zu atmen.

AUTORIN

Jacqueline Woodson kam 1963 in Ohio zur Welt, heute lebt sie mit ihrer Familie in New York. Sie ist eine der berühmtesten Schwarzen US-Autorinnen von Kinder- und Jugendbüchern und bekam unzählige Preise, neben dem *National Book Award* und der *Newberry Medal* zuletzt die *Hans-Christian-Andersen-Medaille* und den als Nobelpreis-Pendant für Kinder- und Jugendliteratur geschaffenen *Astrid-Lindgren-Preis*. Jacqueline glaubt, dass Literatur und junge Menschen etwas bewegen können. 2018 wurde sie von der Library of Congress zur US-Botschafterin für Jugendliteratur ernannt. Sie reiste zwei Jahre lang durch die USA und fragte Kinder und Jugendliche: »Lesen = Hoffnung × Veränderung – was ist deine Gleichung?«

Von Jacqueline Woodson sind bei cbj erschienen:

Eine Weile bleibt die Zeit für uns stehen (Band 1: 16667)
Seit du gegangen bist (Band 2: 16666)

ÜBERSETZERINNEN

Barbara Neeb und Katharina Schmidt sind seit über fünfzehn Jahren als Übersetzerinnen-Duo unterwegs. Ihre literarischen Entdeckungsreisen führen sie nach Italien, England und Frankreich und auch ins Land der Fantasie. Ihre Philosophie: »Vier Augen sehen mehr als zwei!« Im Verein Weltlesebühne e. V. engagieren sie sich für die Sichtbarkeit von Übersetzer*innen mit Veranstaltungen und auf dem eigenen Youtube-Kanal.

LEKTORIN

Chantal-Fleur Sandjon ist eine afrodeutsche Autorin, Lektorin, Literaturaktivistin und Diversity-Trainerin. Sie co-leitet das Kinderliteratur-Projekt *DRIN* des Goethe-Instituts Finnland, veröffentlicht Artikel und begleitet verstärkt Projekte, die sich mit diversitätsgerechter Kinderliteratur beschäftigen. Neben ihrer eigenen schriftstellerischen Tätigkeit lektoriert sie auch Veröffentlichungen wie den Afrozensus-Report 2020. Sie lebt nach Aufenthalten in Johannesburg, London und Frankfurt mit ihren zwei Kindern mittlerweile wieder in ihrer Heimatstadt Berlin.

Jacqueline Woodson

Die Miah- und Ellie-Reihe

Eine Weile bleibt die Zeit für uns stehen
Band 1, ca. 320 Seiten,
ISBN 978-3-570-16667-3

Seit du gegangen bist
Band 2, ca. 320 Seiten,
ISBN 978-3-570-16666-6

Als Ellie und Miah sich an ihrem ersten Tag an einer New Yorker Privatschule begegnen, berühren sich ihre Herzen. Ohne Schnörkel und doch unendlich zart erzählt National Book Award-Preisträgerin Jacqueline Woodson von einer allerersten jungen Liebe.

20344_2

cbj
www.cbj-verlag.de

Angie Thomas

The Hate U Give

512 Seiten, ISBN 978-3-570-16482-2

Die 16-jährige Starr lebt in zwei Welten: in dem verarmten Viertel, in dem sie wohnt, und in der Privatschule, an der sie fast die einzige Schwarze ist. Als Starrs bester Freund Khalil vor ihren Augen von einem Polizisten erschossen wird, rückt sie ins Zentrum der öffentlichen Aufmerksamkeit. Khalil war unbewaffnet. Bald wird landesweit über seinen Tod berichtet; viele stempeln Khalil als Gangmitglied ab, andere gehen in seinem Namen auf die Straße. Die Polizei und ein Drogenboss setzen Starr und ihre Familie unter Druck. Was geschah an jenem Abend wirklich? Die Einzige, die das beantworten kann, ist Starr. Doch ihre Antwort würde ihr Leben in Gefahr bringen...

20274

cbj

www.cbj-verlag.de